為你而鳴喪鐘

王元——著

金車・島田莊司推理小說獎
決選入圍作品

島田莊司——講評
玉田誠——導讀

關於【金車・島田莊司推理小說獎】

華文世界近年來掀起了一股推理小說的閱讀風潮，大量日本、歐美的推理作品被譯介出版，也深受讀者喜愛。金車教育基金會為了鼓勵華文推理創作、發掘年輕一代深具潛力的推理作家，加深一般大眾對推理文學的討論與重視，獲得日本本格派推理大師島田莊司首肯，舉辦兩年一屆【金車・島田莊司推理小說獎】。

誠如島田老師的期待：「向來以日本人才為中心推理小說文學領域，勢必交棒給華文的才能之士，我可以感覺到這個時代已經來臨！」期盼透過這個獎項讓更多人投入推理文學之創作，帶給讀者嶄新的閱讀時代。

這項跨國合作的小說獎已邁入第七屆，在島田先生和皇冠文化集團支持下，將致力華文推理創作推廣到世界各個角落，讓此一獎項不僅是華文推理界的重要指標，更是亞洲推理文壇的空前盛事，期盼未來華文推理作家能躍上世界推理文壇。

【導讀】

二十一世紀的《殺人十角館》

日本推理評論家／玉田誠

透過前衛的二十一世紀本格技法，寵物先生的《虛擬街頭漂流記》高聲向世人宣告，傲視全球的華文推理小說的黎明就此到來。對歐美的黃金時代所定義的本格推理小說規則，雷鈞的名作《黃》從亞洲展開重拳反擊，繼其之後，在第七回的金車島田莊司推理小說獎中，留名青史的傑作再次誕生。這就是本作《喪鐘為你而鳴》。筆者可以斷言，和綾辻行人華麗的出道作《殺人十角館》一樣，本作是可以改變華文本格推理小說史，並傳頌許久的傑作。

關於本作的機關內容，在此先按下不表，要說明其魅力著實不易——這點與《殺人十角館》一樣，而且本作同樣與《殺人十角館》有許多共通之處。

《殺人十角館》是以聳立在「角島」這座孤島上的十角館當舞臺，採取暴風雪山莊模式——這是它對外所呈現的故事大綱。但如果是已經看過這部名作的讀者，應該可以很輕易地了解，這個簡潔的故事大綱根本完全無法傳達《殺人十角館》的魅力。

本作的大綱若要簡短的用一句話來歸納，是一群參加數位排毒研習的人來到一座孤島，就此發生連續殺人事件——可說是典型的暴風雪山莊模式。

不過，《殺人十角館》雖然看起來像是暴風雪山莊模式這種規則型的本格推理，卻設下了前所未有的機關，是一部獨具巧思的傑作，同樣地，本作也設置了讓人聯想到《殺人十角館》的舞臺，大膽導入二十一世紀本格推理的技法，營造出令讀者為之震懾的驚奇。筆者想針對這點大力給予好評。

我想在此舉一個它與《殺人十角館》的共通點。那就是借登場人物之口，說出作者對本格推理小說的看法與熱情。

在《殺人十角館》第一章，艾勒里這樣說道。

「……如果將推理小說想成是藉由推理小說獨特的方法論而成立，是為了知性的遊戲而設立的世界，那麼，我們所生活的現代，可說是很難加以建構的時代。」

艾勒里接著說。

「……想以現代當舞臺來寫偵探小說的作家，一定會陷入這樣的兩難中。因此，面對這種兩難，最快的處理辦法——這樣說有點語病，應該說，剛才所提到的『暴風雪山莊』模式會被當作有效的解決辦法，而成為放大的焦點。」

而對於這句話，勒魯以附著重號的方式說道：

「這麼說，本格推理小說最現代化的主題，就是『暴風雪山莊』囉？」

就像是在仿效《殺人十角館》裡的艾勒里和勒魯的對話一樣，在本作中，說故事者的「我」，亦即作家周云生，在序章說道：

所以，我個人深深認為，數位時代，是人類開創的最偉大時代。

但同時，它也是一個向本格推理作家找碴的時代。

……

解決方法，似乎也只有調動「時間」這一條線，把故事背景退回到沒有數位配備和數據上傳的非物聯網時代。

但對於一個對數位科技有著狂熱喜愛的人，我並不希望把時間軸拉回過去，而是希望能創作出一部契合二十一世紀時代背景的作品。

說故事者「我」的作品——《數據繭》，在本作各章的結尾處被引用，讀者從中得知，處在本格推理小說受難時代的現代中，說故事者的「我」——周云生，想寫出怎樣的故事。

所有電子機器都連接網路，得以與龐大的數據資料進行交流的《數據繭》這個作品世界，與「暴風雪山莊」式舞臺之間的高度落差，其當中的連結點，正是本作機關的核心。如同《殺人十角館》一改當時本格推理小說界的樣態般，本作也可說是暗藏此種潛力的作品。

《殺人十角館》佯裝成是規則型本格，對此投注高度的欺騙技法，藉此對本格推理注入新的生命，同樣地，本作對規則型本格投注了二十一世紀本格的技法，展開跳脫式的建構，向世人詢問今後本格的推理小說應有的樣貌為何，就此造就出一部傑作。沒錯，本作稱得上是「二十一世紀的《殺人十角館》」。

Contents

楔子

1

對推理作家來說，時間是神奇的點金術。

在一個３Ｄ空間上加上時間的維度，就可以令故事裡的萬物生長、變化、死去。隨著調動時間軸，作家還可以玩弄不在場證明，把讀者欺騙得團團轉。許多年來，傑出的推理作家們像魔法師們般把玩時間，讓故事、空間、時間像小丑手上的三顆球，拋出豐富多彩的變化，令人神馳神往。

但時間也代表了時代。

來到二十一世紀，我們進入了數位時代。

所謂的數位時代，代表的是萬物連結。

它連結所有一切，讓原本無機的冰冷機器變得有機，形成像大腦一樣巨大的神經網絡，讓彼此溝通無阻。

舉個例子，冰箱原本是冰箱，洗衣機原本是洗衣機，水表是水表，它們是獨立的機體。

但在物聯網的串聯下，它們開始溝通彼此的作業時間，實現最理想的資源分配。

就像大家都看過迪士尼動畫片《美女與野獸》，動畫裡，家具和餐具們能互相溝通，為主人服務，物聯網就是童話的顯化。

沒有人能自全
沒有人是孤島
每人都是大陸的一片
要為本土應卯

這首詩可以稱得上是為這個萬物相連的時代下了註腳。

正如樹葉吸收陽光，把養分往下傳，樹根吸收雨水，把水分往上輸送。小鳥吞下松果，飛往他方，排出糞便中的種子，讓一棵新的生命開花結果，整個自然環境萬物相連。身為一個無神論者，我不得不說，自然界是造物者的偉大作品，是令人驚嘆的神跡。但我們人類，憑藉被造物者創造的頭腦，也創造出了足以媲美神跡的世界。一個同樣萬物相連的世界。在看不見的網絡裡，各式各樣的數據如血液在循環傳遞。科技只是電線的外皮，數據才是傳導電流的芯。

所以，我個人深深認為，數位時代，是人類開創的最偉大時代。

但同時，它也是一個向本格推理作家找碴的時代。

試想想，在一個個人數據紛紛被上傳的時代，如果一條街道上布滿監控器，還能如何上演《希臘棺材之謎》的偉大核心詭計呢？

試想想，在一個智能音箱可能記錄了每個家庭談話數據的時代，殺人是不是真的還可以確保手法完美呢？

在一個警方能調動大數據分析，找出逃逸十多年的罪犯，甚至能預先判斷是否有犯罪傾向的時代，犯罪是不是變成不可能任務了呢？

解決方法，似乎也只有調動「時間」這一條線，把故事背景退回到沒有數位配備和數據上傳的非物聯網時代。

但對於一個對數位科技有著狂熱喜愛的人，我並不希望把時間軸拉回過去，而是希望能創作出一部契合二十一世紀時代背景的作品。

這就是我創作《數據繭》的初衷。

《數據繭》是一個暴風雪山莊推理。故事發生在一座島，島上有數棟相連的智能建築群，組成酒店、購物中心、娛樂中心等無人社區。島主舉辦了一個大逃殺遊戲，能在最後倖存下來的人可以獲得島的轉讓權。

有十二個人參加了這個遊戲。這些人會各自被發配一個智能手環，隨時可傳喚智能助理Ｃｏｃｏｏｎ查詢信息。

兇手就潛伏在這十二個人裡。

無人建築群裡分成紅黃綠三個區域。踏入紅區時，個人數據會被如實上傳到公眾數據網，所有人都能經由Ｃｏｃｏｏｎ查知。

若進入黃區，可以選擇竄改數據，但假數據有一定的時效性。

身處綠區時，你的數據將不會被上傳。

這三個區域的地點和範圍是機動變化的。原來是紅區的地方，下一秒可能會變成黃區。

兇手會根據玩家的各種數據，推測出玩家的弱點，伺機而動。

玩家也可以經由在玩家群組發布虛假消息，誤導兇手。

個人數據分為十一層。最表層的數據是身高、體重、血型等。深層一些的數據則包含心率、血壓、血糖、運動步數、血氧含量、體溫等等。

每死去一人，倖存者的數據安全防線就會被突破一層，洩露的數據就會越來越多。當只剩下最後一個倖存者，這個人的監控錄像就會被發送到兇手那裡，被完全掌握行蹤。

換言之，這群人要在封閉的建築物裡互相監控對方。他們可以透過查看他人的計步器知道對方的行走步數，推測對方目前所在位置；也可以在發現有人被殺後檢查房裡的智能水表，推測是否有人殺人後去洗手。

總而言之，這是我為這個時代寫的推理小說。數位時代的來臨和擴張無可避免，我想它應該被納入推理小說的背景裡。

也因此，這部作品能登上「2017最受讀者歡迎本格推理Best 10」榜首寶座，我受寵若驚，也非常感謝。我想，一定是因為讀者們和我一樣，從這部作品中產生對這個時代的共鳴。

《數據繭》是我個人創作歷程上的里程碑。從今以後，我會持續以書寫出屬於這個時代的推理小說為目標。

最後，感謝摯愛的妻子和兒子。

若世上沒有這兩個人，我將不再是我。

2

2020年12月19日 即時新聞網

《數據繭》作者周云生宣布封筆 疑因愛妻驟逝嚴重抑鬱

今日上午九點，曾在推理圈轟動一時、持續兩年登上「最受讀者歡迎本格推理Best 10」年度榜首的《數據繭》作者周云生，通過出版社代為宣布封筆。

現年33歲的旅美華人推理作家周云生，是華人推理圈最暢銷的作家之一。打從推出出道作《3D列印房子的詭計》開始，作品就深受讀者喜愛。其作品特點是以數位科技時代為背景，結合出人意料的詭計，塑造強烈的個人風格。其第三本作品《數據繭》，在2017年出版後，曾多次登上暢銷排行榜，並被翻譯成多國語言，熱銷海外。《數據繭》小說版權也被一家遊戲公司買下，改編成遊戲。

三年前，周云生在出席頒獎典禮時表示自己將會筆耕不輟，持續創作屬於這個世紀的推理小說。但新作卻遲遲未推出。據悉，在得獎後不久，妻子就被診斷患上漸凍人症。周云生為了治療愛妻，三年來四處尋求最新醫療資源，但不敵其妻病況持續惡化。

一年前，其妻白靜文於家中逝世。經警方調查後，證實白靜文是在丈夫外出時，支開私人看護，將自己反鎖在房間內，以水果刀插入心臟結束生命。

妻子逝世後，周云生關閉了所有和讀者交流的社群、部落格和影音帳號。有傳聞指出，周云生因愛妻驟逝，情緒大受打擊，陷入嚴重抑鬱，在田納西州一家私人療養院住了半年。出院後，周云生離開了常年旅居的美國。

兩個星期前，有讀者曾經目睹他出現在南太平洋的某冷僻小島上。據該讀者指出，當時周云生手上牽著一個小女孩，身形消瘦，形容憔悴，似乎尚未走出喪妻陰霾。

對於周云生的決定，與其長期合作的出版社負責人表示惋惜與祝福。

Chapter 1

1

睜開眼睛之後，我發現自己正躺在一個木頭甲板上，眼前是一望無際、被太陽曬得粼粼的藍綠色水光。

我一呆，瞪著眼前的景色好幾秒，然後爬起身轉身一望，在剎那之間，巨大的恐慌撲面而來，腦海陷入一片空白。

怎麼可能……

這裡是哪裡？

毫無疑問，這是一座小島。但並不是昨天我身處的那座小島。我慌亂地嘗試從記憶的最深處挖掘出什麼，終於想起最後記得的畫面。

我和兒子躺在床上。他正說起那個常來找我們的小女孩玻莉。「她送了我一個銀紫色的貝殼。」兒子很喜歡玻莉。我則很喜歡他使用了「銀紫色」那樣的形容詞。

總而言之，昨晚是我們住在那座小島的第三個星期，一切都沒什麼異常。

但我為什麼到了這裡？

我心亂如麻，望了一下手錶，時間是三點半。下午。我望了望頭頂尚算溫煦的陽光，轉頭一看，距離碼頭大約五百米的地方，可以看到一棟白色建築。我正躊躇著是否要走向那裡，忽然從海平面的那端，有東西抓住我的注意力。

是一個白色的小點，正在由小變大，由遠至近，很快地，我就知道，那是一艘船。

船是朝這兒而來的。我感覺自己心跳加速。沒多久，我眼前清楚地出現一艘極其豪華的快艇。外形之絢麗是我從來沒見過的。快艇靠近甲板後，引擎熄滅了。

沒多久，船艙裡走出一行人，有男有女，有老有少，每個都身穿一模一樣的純白色上衣長褲，背著或提著行囊。

他們逐一上了甲板。

我慌忙趨前。

最先上來的是一對看似母子的人。「請問……」我試著搭話，但那母親板著臉，對我視若無睹，緊緊拉著兒子往前走。

我無奈地回過頭，望向接著走來的一老一年輕的兩個男人。「不好意思——」

這兩人從外表看來都屬於那種樂於助人的好人，卻沉默著從我身邊直接走過，連眼角都不瞄我一眼。

我的心中泛起一絲駭人的詭異感。

到底是怎麼回事？

最後一前一後走來的是一個年輕的紅髮女生和一個中年男人。

望見那個女生的瞬間，我覺得渾身像被通過一陣電流。

「阿靜！」我脫口大喊。

叫出口的剎那，我就知道自己搞錯了。妻子早就死了。更何況，一旦仔細一看，就會發現這個女生長得和妻子不算很像，只是一晃而過的某個表情有些神似。

我的那聲叫喊相當大聲。但眼前這對男女完全充耳不聞。而且顯然不是裝的。等走在最後那個身型高瘦挺拔的中年男人就要越過我的時候，我情急之下，伸手去抓他的手。

「等等！」

那瞬間，我簡直不敢相信自己的眼睛。

我的手一碰到那男人的身體，立刻就被彈開了。

我再試了一次，手再度彈開。同時手上感覺到一股細微的電流感。

那中年男人渾然不覺地走了。

我目瞪口呆地站在原處，望著自己的手，腦海被排山倒海的恐怖感填滿。

我沒辦法觸碰到那個男人的手。

這些人根本看不見我。

我已經死了……嗎？

不知過了多久，我終於回過神來，轉頭發現那艘快艇早已離去無蹤。那六個人也早已經走進那棟白色建築物。

我完全不知道下一步該怎麼辦，也無法判斷眼前是現實還是夢境，剛剛那女子的臉在腦海一閃而過，我在自己意識到之前，已經走近那棟建築。

直到靠得很近時，我才注意到這是一棟一共四層樓的灰白色建築。建築的外觀非常樸素，牆體也相當粗糙。

房子的大門在南側，那行人進去之後並沒有關上。雖然明知他們看不見我，我還是有些猶豫，只敢站在門口，往內窺視。

從大門口望進去，裡面和我想像的住屋格局完全不同，是一個非常寬敞，可以容納二三十人，類似修道場般的開闊大廳。除了東側的牆邊靠著一個非常簡陋的木架子外，整個大廳可說是空蕩蕩。

大廳裡現在站著六個人。包括剛剛從船上下來的六人。他們疏疏落落地站著，面向大門。

這時候，我終於有時間仔細打量他們。

最靠近我的是那對母子組合。母親看起來四十來歲，五官秀麗，皮膚光滑無瑕，雖然個子嬌小，眼神透著一股殺伐決斷的霸氣。她把右手搭在身高和他差不多的男孩肩上。男孩看起來約十一二歲，有和母親一樣的心形臉和長睫毛，眼神閃爍不定，蒼白纖細的頸項微微前伸。

從年齡看上去像父子的那對男人現在分散站在兩邊。年紀大的男人約莫五六十歲，面孔較短，看起來像個充滿學生氣，從家裡到大學兩點一線，永遠生活在象牙塔的老學者。那個年輕人大約二十五六歲，和這個老學者長得完全不像，外形乾淨清爽，眼神溫和明亮。

從他們的站姿和互動來看，兩人不是父子。

站在他旁邊的是剛剛那個我碰不到的中年男人，大約四五十歲。這人五官不算出眾，但狀態保持得非常好，渾身散發著一股精神奕奕的活力感，並且透著一種企業領袖的氣質。

最後，是那個我誤以為是妻子的女子。

近距離觀察靜態的她，五官和臉型和妻子更不像了。她和那年輕人年齡差不多，雪白的脖子上，靠近喉嚨處刺了一個圓形的刺青，透著一絲奇異的美麗。染成暗紅色的短髮下是一張令人一見難忘的東方面孔，那雙烏黑的瞳眸彷彿覆蓋在密林下的小獸雙眼，閃閃爍爍，散發著原始的魅惑。

就是那雙眼睛。那雙眼睛動起來的時候，我似乎可以捕捉到一點妻子的神韻。

這群人到底是什麼關係？為什麼穿著同樣的衣服，一起來到這個小島上？從這些人站的位置和姿勢來看，他們彼此不太像互相認識。

就在這時，在大廳的北端，兩扇原本緊閉的木門打開了。

一個同樣身穿白衣白褲的短髮女子走了進來。

她向我走來。

這是一個非常高挑的華裔女子，年齡看上去大約三十歲，皮膚是深沉的蜜糖色，整個人散發著一股靜定安穩感，當她靠近自己的時候，會恍如自己正步入一片針葉林。

她走到門口後，把背轉向我。

「大家好，歡迎大家來到桑迪島。我是瑪那。負責在這五天內協助大家進行數位排毒。」

聽見「數位排毒」四個字，我不禁愣了愣。

我不是第一次聽見這四個字。在相當久之前，我就知道這是一個盛行於科技圈、金融圈的潮流玩意。簡單來說，就是暫且拋開生活中的數位設備，實現斷網生活。比如某社群媒體平臺的執行長就曾經到緬甸某荒僻地方進行十天的數位排毒。

我也有認識的人會定期進行所謂的「斷網」生活。

我曾經認為做這種事只是意在彰顯自己的身分象徵。就如有一陣子，經商的老闆大佬們都在喝陳年老茶葉和戴蜜蠟佛珠一樣。

瑪那的聲音再度在耳邊響起。

「在這五天內，我會幫助大家擺脫科技對我們的過度影響，重新找回身體和心靈的連結。因此，接下來五天，所有人會在這棟沒有電力和網絡的島上生活。為了衛生起見，自來水是有的。誠如之前已經由主辦方通知各位的，在島上生活的五天，有幾個重要守則。我這裡再提醒各位一遍：

「第一，進行數位排毒的期間，所有人必須禁語，不刻意與他人交談或有任何物理、眼神接觸；第二，五天內全程茹素，一日兩餐，過午不食；第三，期間禁止閱讀、記錄書寫、聽音樂；第四，期間請勿化妝，或使用任何有氣味的保養品，也盡量不佩戴任何飾品，全程穿著白衣白褲；第五，禁止殺生。」

我仔細看了一下這幾個人，果然無論男女都沒化妝。

「第五條可能有點困難。」中年人用幽默的口吻說，「畢竟我們每天都要殺死不少細胞。」

他身旁的年輕人微笑。「我比較擔心一天只能吃兩餐的事。」

瑪那也微微一笑。

「日程表已經事先發給各位，也已經貼在那個木架的旁邊。」瑪那指了指木架，「明天才是正式的第一天，所有的守則會到明天才生效。所以今天五點鐘我們仍會為大家提供晚餐，在那之前，大家可以先在樓下淋浴，再攜帶行李回各自的房間。晚餐後，晚上七點，我會協助大家上一堂一小時的課，為明天做準備。」

瑪那頓了頓。

「現在，先來簡單和大家介紹這棟房子的結構。其實相當簡單，建築一共分為四層樓。我們所處的這一層是冥想大廳，大部分時間都會在這裡進行冥想靜坐。」

「這是3D列印的房子嗎？」年輕人左顧右盼。

「沒錯。」

我有些吃驚。所謂3D列印房子，就是利用大型印表機列印出的房子，只不過列印的材質是水泥。怪不得房子的牆體看起來那麼樸素。

「請大家跟我來。」瑪那說。

一群人跟著瑪那穿過大廳北側開敞的中門後，前方出現兩道樓梯。

「穿過這道門，會看見兩個獨立的樓梯口，男右女左，分別通向男女宿舍。從二樓開始到四樓[1]，建築就被中間的一道牆隔開。每層樓都各有三個單人房間，房間對面有一個公用的廁所，但只有坐式馬桶和洗手盆，不能淋浴。」

「那我們要怎樣洗澡呢？」紅髮女生問。

「浴室只設在一樓[2]，就在樓梯的兩側。每個浴室各有三個淋浴間。」瑪那說，「整棟建築的結構就是這樣。」

「那餐廳呢？」年輕人問。

瑪那指向右邊的走廊，盡頭處有一道打開的木門。「通過這道東側門一直走，可以通向廚房和餐廳。」她頓了頓，「現在，我先給大家發放各自的房間鑰匙，之後大家就可以直接使用浴室，再上樓放好行李後，就可以下樓來，從這裡走向餐廳。」

1 編註：作者為馬來西亞人，在馬來西亞，地面樓層標示為「底層」（G Floor），第二層樓標示為「一樓」（1st Floor），以此類推。此處應為一樓開始到三樓，為保留參賽作品原貌，原文不作修改。

2 編註：此處應為底層。為保留參賽作品原貌，原文不作修改。

所有人都點點頭。

瑪那領著大家回到冥想大廳。從木櫃拿出幾把鑰匙。

「李多娜女士。」

瑪那叫了一個英文名。那個摟著男孩的母親微微揚起頭，瑪那把一根很普通的金屬鑰匙給了她。「你的房間是L101。」

「陳理查博士。」

老學者氣質的男人接過門號R103的鑰匙，忽然臉現憂色。

接著，那個叫高哲生的年輕人被分配到R203，叫劉東尼的中年男人被分配到R101。

「有趣，我第一次看見男女宿舍被以左右表示，而不是性別。」高哲生說，「可惜不是被分配到三樓，否則可以多爬一層樓梯當鍛鍊。」

瑪那微微一笑，叫出下一個名字。「吉亞小姐。」

那個紅色短髮的女子笑著應了一聲。從進門那刻，我就注意到她非常容易吸引旁人的目光。就如此刻，所有人的目光都集中在她身上。

劉東尼的眼神在她臉上停留得尤其久。

她的房間是Ｌ２０２。接過鑰匙後，她盯住上面的門號，忽然小聲說，「左右才能代表平衡，男女又不能。」

「最後是李麥克先生，你的房間是Ｒ２０１。」瑪那把最後一把鑰匙遞給少年。他愣愣地望著瑪那，沒有立即伸手接過。

「等一下。」李多娜說，「我兒子和我一起住。」

「抱歉，我們的房間都是單人房。」

「我不在意。」

「但男女分宿，是這裡的規矩。在各位參加之前，相信主辦方負責人已經說明清楚。」

「我兒子不能和我分開，他不懂得照顧自己。」

「對不起。」瑪那的聲音溫和但堅定，「我們不能為了任何人破例。」

李多娜微笑。「連我也不行嗎？」

「是的，對不起。」瑪那說，「我不清楚客人們的背景。我的工作是根據主辦方的指示，指導大家進行數位排毒的課程。」

李多娜凝視她。

「我自己住、我想要自己住。」李麥克說，雖然聲細如蚊，但所有人都聽出裡面的執拗。

空氣陷入令人難堪的沉默。李多娜望著兒子良久，終於說：「好，但他不能住二樓，他只能住一樓，離我越近越好。」

原本的分配，是陳博士和劉東尼在一樓，高哲生和李麥克在二樓。我猜測這樣的分配是因為年齡。雖然不知道這些人的具體年齡，但陳博士看起來年齡顯然最大，劉東尼次之，高哲生和李麥克是年輕人和男孩，所以住在二樓。

「我把R101的房間讓給小朋友吧。」劉東尼忽然笑說，「那間房最靠近樓梯。」

瑪那沉思片刻，點點頭，「好，那劉先生，不介意的話，請您換到隔壁的房間。」

「我想換到三樓。」劉東尼笑說。

「一般來說，如果有空的房間，我們不會讓客人爬那麼高。」

「我就喜歡登高，視野好。」劉東尼笑說。「我能住302嗎？」

「當然。」瑪那把R302的鑰匙給了他。

李多娜並沒有向劉東尼道謝，反而轉向陳博士。「能不能請您換到二樓房間。」她相當直接地問，「我兒子年紀小，擔心他打擾到您休息。」

「當然，當然。」陳博士似乎有點懼怕李多娜，垂著眼睛小聲同意。

「勞煩您。」瑪那把原本屬於R201的鑰匙給了陳博士。

重新調整後，陳博士和高哲生分別住到R201和R203。

「我住在女宿舍L103，另外有一名工作人員房女士，房間是L102，她目前正在廚房為大家準備晚餐。」瑪那說，「在大家淋浴前，請先把你們的數位設備全部放入樓梯口的箱子裡，我們會替你們保管妥當，等第五天再交還給你們。

「通通交出？」劉東尼揚起一條眉毛，「那我們該怎麼知道時間呢？」

「這五天內，大家不需要知道精確的時間。」瑪那微微一笑，「從你們的房間窗戶往外望的那片空地，放置著一個木架。木架上吊著一面很大的銅鑼。從明天開始要進行下一個活動前，我們會敲鑼提醒各位。」

劉東尼似乎還想說什麼，但最後還是選擇攤攤手。

眾人各自提著自己的行李，穿過中門，所有人擠在樓梯口，應該是在身上和行李中掏出手機等各種設備，丟進白色的籃子。

我落在後頭，望著這群人的背面，不知怎的忽然聯想到一堆人往焚化爐丟金紙的畫面。

接下來，一群人就拎著行李走入浴室。

我跟著走進男浴室參觀了一下，發現這浴室內有三個淋浴間，每個淋浴間內都配有蓮蓬頭和坐式馬桶，與門相對的牆面上有一個方形窗戶。淋浴間外是三個洗手盆，並不設有便斗。

李麥克站在浴室外和母親鬧彆扭，嘴裡嘟囔不休。看上去是不高興自己的東西被上繳了。

「我兒子不想洗澡，我可以直接帶他去房間嗎？」李多娜問瑪那。

瑪那看了看李麥克，點點頭。

我決定跟他們上去看看。

上了樓梯，來到樓梯間，李麥克還在小聲嘀咕。李多娜推開那扇木門板後轉左，就可以看到和樓梯間平行的三個房間。

三個房門都開著。最左邊的房門貼著「Ｒ１０１」的牌子，正是李麥克的房間。

我朝房內望了一眼，又走到其他兩間房一瞥，發現三間房是一模一樣的格局。

我走回李麥克的房間，仔細打量一番。這是一間又窄又長的房間。房寬只有五六尺，長度卻長了大概一倍。房間的右側靠牆放著一張單人床。床頭左側有一扇約兩尺寬的窗戶。床尾處並排靠著一個簡陋的木製衣櫃，衣櫃的左側貼著一面鏡子，正好向著床尾。衣櫃的右側有一張小單人木椅。沒有桌子，也沒有酒店般附上紙筆之物。我忽然想起，守則中說明不能記錄東西。

如同建築本身，房間也異常樸素簡陋。

「……開空調。」李麥克說。

「這裡沒有空調。」

李多娜走到窗戶前，轉開鋁合金窗的月牙鎖，有絲絲涼風送了進來。她望著遙遠的海面出了一會兒神，然後轉身幫兒子打開行李。

李麥克臉上還掛著餘怒未消的淚痕，嘴上還在喃喃自語。

我忽然想起兒子。他生氣時，也會對我不瞅不睬，獨自一人小聲嘀咕。

李多娜有些無奈地回答，把行李中的衣物取出來後一件件放進衣櫃裡。

我站到窗邊，往外望，果然看見瑪那口中所說的那面銅鑼，鑼面鍍著一層金色太陽光，在風中以很小的幅度左右擺動。

我把目光往下移，發現一樓外的地面是一條長形的人工池塘，池塘上漂浮著七朵粉紅色的蓮花，美得不像真的。蓮花池外圍堆著亮晶晶如同鑽石的東西，在太陽反射下，一時看不清是什麼。

李多娜收拾完畢後，把窗重新關上，扣上月牙鎖，和兒子走出房間。

我連忙跟上。

走出樓梯間的時候，正好碰上高哲生和陳博士從二樓走下。三個大人禮貌地點頭，沒有交談。

走到底層樓梯口，我發現剛剛那個白色籃子已經不在原處，應該是被瑪那收走了。

李多娜下樓後，叮囑兒子在原地等候，自己上了女宿舍置放東西，很快就下來了。

所有人都下樓後，瑪那從東側門走進來。

「各位，請跟我來。」

我跟在陳博士的後面。經過男廁時，他稍微停駐打量了兩秒，我原以為他想上廁所，但他下一秒卻跟著大家舉步穿過側門。

從冥想大樓到餐廳，大概需要步行兩分鐘。

兩分鐘的路程中，周圍都是空曠的平地，連一棵樹都沒有。

「看！」吉亞忽然雀躍地指著前方。我抬頭一看，前方有個涼亭正升起一縷白煙。

我原本不明白，為什麼吃飯的地方不和那棟房子設置在一起。但現在大概明白為什麼。

瑪那說過，這裡沒電，只能用柴火煮飯。大概是不想煙火氣染了「排毒」的地方吧。

餐廳是只有簡單屋頂的開放式用餐區，和剛才的冥想大樓一樣樸實無華，上面的屋頂是簡單的涼棚，涼棚下是幾套樣式簡單的木餐桌椅組合。

餐廳的背面豎著一道簡陋的灰色磚牆，剛才看到的白煙就是從裡面冒出來。

我正想走進去，一位同樣身穿白衣白褲，年約五十的女士從牆後捧著一大藤籃的水果走出，籃裡是香蕉、蘋果與橙，另外還有一小碟蜜棗。

「這位是房女士。」瑪那對大家說，「在這五天裡，她負責準備大家的膳食。」

「辛苦了。」劉東尼說，「為我們準備最後的晚餐。」

房女士笑臉迎人地對大家微微欠身，把籃子放到餐廳的長桌上。

餐廳的一端放著一張長桌。左邊擺放著一鍋由番茄蘿蔔馬鈴薯燉煮成的蔬菜湯，另有咖啡和茶。後邊則是一托盤的清炒五色蔬菜，一盤雜錦穀類。

趁大家排隊取菜的時候，我轉到牆後一看。

原來裡面是廚房。

廚房裡砌了一個半人高土桌，上面有一口鍋，鍋下挖了個洞，裡面燒著柴火。

旁邊放了幾個藤籃與盒子，裡面裝滿了馬鈴薯蘿蔔等食材。旁邊有一個帶輪子和推手的機械秤。

我又轉身走向餐廳。

大家開始落座進食後，我開始觀察起每個人來。吉亞獨自坐在最角落的小桌邊。她彷彿胃口很好，很享受似地品嘗著那些食物。我承認自己的目光經常被她吸引。當然，並不只我，在場的男士，如劉東尼和高哲生，目光也會不自覺地飄向她，連同為女性的李多娜也不例外。

唯一不受影響的是看上去年紀最小的李麥克。

瑪那是最後取食物的。她食量好像很少，只吃了一碗蔬菜湯，一些水果和幾顆蜜棗。

李麥克懨懨地吃了一點食物，就坐在一邊，整個人散發出躁動不安的感覺。

「這是最後的晚餐，也是最後可以說話的晚上。」劉東尼一邊喝著蔬菜湯，一邊說，「趁這個時間，大家來交流一下吧。大家都來自哪裡呢？」

「我來自瑞典。」高哲生第一個回答。

「美國。」陳博士說。

「美國。」吉亞聳聳肩。

李多娜沒有回答，目光一直集中在兒子臉上。

劉東尼又問了大家的年齡，瑪那三十一歲，高哲生二十五歲，陳博士五十二歲，吉亞二十二歲。

李多娜置若罔聞。

晚餐結束後，大家走出餐廳，吉亞趁離開前繞回長桌捻了一個蜜棗。

所有人順路返回，快要抵達冥想大樓之時，高哲生忽然有點好奇地開口。

「嘿，我可以去看看那個嗎？」

他指著的是那面面向宿舍大樓的銅鑼。

「可以啊。」

一行人向銅鑼走去。太陽像一顆蛋黃，從西邊緩慢滑落。

銅鑼看起來並沒有特別。高哲生用指節輕叩，鑼面響起深沉的一聲「嗡」。

我想起妻子曾經很喜歡聆聽一種西藏頌缽的音療影片，據說那聲音可以療癒身心，也可以淨化空間。

吉亞似乎對銅鑼毫無興趣。她轉身走到蓮花池邊蹲了下來。蓮花池的邊緣堆著滿滿的透明水晶。這些水晶有些是柱狀的，有些是金字塔狀的，吉亞好奇地捻起一個細看。

其他人也慢慢踱過來。

「為什麼這裡這麼多水晶？」她問。

「水晶是一種很好的能量礦石，和冥想、音療頌缽一樣，可以當作數位排毒的輔助工具。」瑪那回答。

劉東尼蹲下身。「怎麼幫助？」

「水晶柱能幫助我們打開意識，看見世界的真相。」瑪那說，「詳細的部分，我會在之後的課堂上為大家解說。現在，我上樓一趟，五分鐘後會回到大廳，開始上第一堂課。」

瑪那上樓後，大家也隨後走進大廳。

趁著還有一點時間，我迅速在島上繞了一圈，發現這真的是一個清心寡欲的小島。島上果然沒有信號基站，連貓狗都沒有，小得幾乎一目瞭然。只有肉眼看不見的鳥叫和蟲鳴，從草叢與樹叢間傳來。唯一令人心曠神怡的，就是那圈圍繞著小島的碧藍海水。在夾帶海風的陽光下顯得波光灩灩。

在這種小島進行數位排毒，的確很合適。

2

冥想大廳裡的四扇木門大敞，似有若無的風鑽了進來，夾帶著海的氣息。

我望了一下錶，時間是六點整，太陽已經下山了。房女士在房子的每個角落都放上煤油燈。小小的一簇火光被籠在玻璃罩中，大廳裡散發出煤油溫暖的氣息。

瑪那開始引導大家第一堂課。

她示意每個人從旁邊的櫃子挑一個蒲團，然後盤腿以半蓮花姿勢坐在蒲團上。

所有人都有樣學樣。但顯然這不是個舒適的坐姿。每個人都花了一點時間在調整，李麥克扭著身體，劉東尼不斷輕扯溜上來的褲腳，陳博士似乎無法把腿盤在自己想要的位置。

瑪那的面前放著一個小小的銅色頌缽。她那雙平靜的眼睛緩緩掠過每個人臉上。

「現在，我們來開始第一堂課。」瑪那說，「接下來的每天，我們都要做同樣的功課，就是冥想靜坐。方式很簡單。你們所要做的，只有兩個步驟。

「第一，把注意力放到呼吸上。也就是觀察自己的呼吸。」

「怎麼觀察？」高哲生問。

「如實觀察。無論你的呼吸是深是淺，是暖是冷，是急促還是平穩，都用你的注意力去觀察它。在這過程中，不要試圖去控制你的呼吸，只單純觀察它本來的樣子。」

「第二個步驟呢？」吉亞問。

「第二，在觀察呼吸的過程中，你會發現，自己的注意力經常會被各式各樣的念頭拉走。往往，當你猛然一回神，才忽然發現注意力已經不在呼吸上。發生這種情況的時候，只要重新把注意力拉回到呼吸上就可以。無須感到沮喪、失望，或因此譴責自己。」

「這樣做的目的是什麼？」李多娜問。

「我現在無法回答這個問題。因為單純用智性去思考，不會幫助大家比實踐更好地理解答案。我建議大家還是先嘗試如實觀察，體驗自己感受到的變化，會更有效益。」

李多娜不再說話。

「接下來的一個小時，我們只要重複進行這兩個步驟。我敲下第一聲頌缽後，就請大家閉上眼睛，進行冥想，直到聽到我敲第二聲頌缽，冥想才結束，再請大家睜開眼睛。」

瑪那敲了一下頌缽。

「叮——」

隨著那聲充滿靜定感的金屬聲響起，所有人緩緩閉上眼睛。看著他們的臉，我忽然想起妻子第一次教我冥想時的情形。

當時，我的注意力根本沒辦法專注在呼吸上超過一分鐘。

在那三分鐘內，有無數的念頭飄蕩在我的腦海內，從等下要和妻子商量吃什麼，讀者的一個惡評，沐浴露用完了該下單了，兒子的冷笑話……林林總總毫不相干的念頭像頭皮屑一樣飄散在我的腦子裡。

現在大廳裡的人看上去也一樣。我注意到他們躁動不安的姿勢。比如下意識地抓頭搔耳，扭動身體。好幾個人逐漸皺起了眉頭，彷彿正在和頭腦中的什麼搏鬥似的。但我相信他們自己沒有意識到這件事。

連吉亞也忍不住抓了抓下巴。之前，雖然明知他們看不見我，但我還不太敢明目張膽地看她。如今因為她閉上眼睛，所以我有機會長時間觀察她。閉上眼睛的她，和妻子完全不像了。

但我彷彿能看見她們之間擁有某種共通的東西，可究竟是什麼呢？

正當我凝視吉亞出神時，大廳裡忽然響起尖叫聲。

所有人都吃了一驚，紛紛睜開眼睛。尖叫的人是李麥克。

李多娜火速奔到兒子身邊。「麥克，麥克，靜下來！」

「我不要在這裡，我要回家，我要回家！」麥克持續撕心裂肺地叫，「我不要在這種鬼地方，我要回家！」

我望了望錶，現在是六點零五分。從一開始冥想到現在，沒超過三分鐘。

從李麥克的反應，我想起一個朋友的小孩，從三歲開始就獲得自己的平板電腦。在話都說不流利的時候，她就已經學會玩簡單的遊戲和給狗狗照的圖片加上濾鏡。幾年後，因為孩子犯了嚴重錯誤，父母決定沒收她的平板和手機三天。結果失去手機的時候，她居然出現了痛苦的生理反應，發高燒且嘔吐不止，把她的父母嚇得魂飛魄散。

因為這件事，妻子和我進行了一次長談。對於我出於熱愛，而不停購入各種數位設備，把家裡逐步數位化的做法，她擔心對兒子造成不良影響。但我認為，那孩子出現手機上癮的現象，罪魁禍首不是數位科技，而是父母。

我們家雖然數位化，但對兒子的愛很深，給予他有質感和安全感的陪伴。我深信兒子不會出現上癮的現象。

那次長談，妻子最終被我說服。

想起這件事，我的心像忽然被抽了一鞭。

如果當初聽從妻子的話，她就不會死。

李多娜站了起來，拉著兒子走向中門，瑪那快步跟上，我也追了上去。

「沒事吧？」瑪那輕聲問。

「他只是有點不適。」李多娜沉聲說，「我帶他上樓休息一下，可以吧？」

李麥克背對著她們，微微縮著肩。

瑪那輕輕點頭。「有什麼需要再讓我知道。」

李多娜牽著兒子走上樓梯。

李麥克應該也是這個新時代青少年的手機上癮者，所以來到這種沒有網絡的地方，會顯得如此痛苦，彷彿出現戒斷反應。

母子上樓後，瑪那重回大廳，引導大家再度進入冥想。

3

因為想起妻子，我情緒波動起來，無心再回到大廳，而是經由東側門走出外面。

太陽已經下山了。我踩在逐漸黯淡的餘暉上，漫無目的地繞著小島走了幾圈。夜色逐漸灑落。我默默在甲板上坐了一會兒，讓海聲填滿我的頭腦，心情平靜下來後，又走回建築物。

正打算從東側門走入大樓，就看見房女士手持煤油燈走出，向廚房走去。來到中門時，才發現一小時的冥想已經結束。我看看手錶，時間是七點十五分。高哲生正在問瑪那問題。李多娜母子依然不見蹤影。定睛一看，劉東尼也不在裡面。

後面的樓梯傳出腳步聲。我轉頭一看，是李多娜下來了。就在這時，劉東尼也剛好從浴室出來，兩人正好打了個照面。

「李總裁。」劉東尼微微一笑。「聊幾句吧？」

李多娜面無表情地向中門走去。

「你想讓所有人知道我們的事嗎？」劉東尼在她背後小聲說。

李多娜霍然轉身，眼神銳利起來。她頓了兩秒。「出去外面說吧。」她冷冷地說。

兩人一同走出側門，踱到蓮花池旁邊。

我跟著他們，心想原來這兩個人認識，卻在其他人面前裝成陌生人。

「你想說什麼？」李多娜問。

「老夥伴那麼久沒見，有必要那麼冷淡嗎？」劉東尼說，「聽說你領養了個兒子，這孩子還好嗎？他沒辦法適應沒有網絡的生活吧，所以你才帶他來這裡。別擔心，這個課程真的很有用處。之前我的腿因為意外受傷，是靠著每天冥想修復好的。所以你一點也不需要擔心。」

李多娜盯著他。「你到底想怎樣？」

「你還是沒變。好，那我就直接說吧，你打算收購我的公司吧？」

「果然，我就知道。」李多娜冷笑，「在這裡碰到你絕對不是偶然。收購你的公司，不是我個人想法，而是整個董事會的決定。如果你是跟著我來到這裡，想要我打消主意，抱歉，我沒辦法幫你。」

「你一點都不顧念我們曾經是一起創業的夥伴？」

「我從來不想過去的事。」

「也不在乎我們曾經的戀人關係？」

李多娜轉身就走。

「你那個學弟——『自動導航先生』還好嗎？如果被大家知道當年那件事——」

李多娜再度轉身，眼神滿含鄙視。

「劉東尼，你給我聽清楚，我從來不欠你。」

「對，你不欠我。你只虧欠你的小學弟，如果不是那次墜河事件，我根本不知道你們的事。」

「我再說一遍，我不欠你。」

「是我欠你，我會全部還你。」

李多娜置若罔聞，逕自走向中門。

「今晚，等所有人都回房後，我會去你那裡。」劉東尼在背後說，「我把欠你的都原樣奉還。」

李多娜霍然轉身，我頓時被嚇了一跳。她那張原本姣好秀麗的面孔忽然變得扭曲。「你有本事，就穿牆進來吧。」

李多娜頭也不回地進入大廳。我看見劉東尼那張原本風度翩翩的面孔忽然沉了下去。

「我不會被你打敗的。」他低聲說，「沒有什麼能打敗我。」

他站在原地數秒，目光直直盯著眼前的水晶柱。過了一陣，神色逐漸平復。

他走回大廳。

4

「還有其他人有關於冥想的問題嗎？」瑪那問，「如果沒有想問的問題，就可以回到各自的房間休息。明早四點，當銅鑼響起的時候，請大家起床，在各自的房間內依照今天的冥想方式靜坐到六點半。到時銅鑼會再響起，請大家下樓到餐廳吃早餐。」

「我有問題。」李多娜忽然開口，「我想提個重要的要求。」

「什麼要求？」

「我希望女生宿舍的樓道門，在所有人休息後可以鎖上。」她說，「我無意冒犯任何人，但男女有別，我只希望在有陌生人的情況下更確保女性的安全。」

我這才明白剛才李多娜說「有本事就穿牆進來」的意思，轉頭望向劉東尼，他一臉泰然自若，氣定神閒，彷彿什麼事都沒發生過。

瑪那聽了後，轉向吉亞。「吉亞小姐，你有意見嗎？」

吉亞攤了攤手，表示沒有問題。

「好的，那就按照您的意思。我們會在各位就寢後上鎖樓道門。至於男士宿舍……」

男士們忍不住揚起嘴角，他們用眼神互相打量後，劉東尼開口說：「我想沒必要，畢竟我們長得很安全，對吧？」

聽到這句話，李多娜冷冷地撇過頭，瑪那神色如常，只有吉亞哈哈笑起來，笑聲過度愉悅，她隨即做了個手勢向大家道歉。

我注意到劉東尼的表情瞬間轉為愉快。

「還有其他問題嗎？」瑪那問。

「是的。」李多娜說。「我還有問題請教。」

「那就請李小姐留下來。其他人請各自回到房間休息。最後離開的人，請隨手把中門關上。」

吉亞伸了個懶腰，第一個走向中門，劉東尼很快跟上。陳博士望著他們的方向，似乎有點猶疑不決，終於還是走出中門。

高哲生則是把大家的蒲團一一撿起，放回櫃子裡。他經過瑪那身邊時，她對他點頭微笑，輕聲說了什麼。我正想湊上前，卻看見高哲生點點頭，離開了大廳。

現在，只有李多娜留在大廳。

兩人面對面坐在蒲團上。

「麥克還好嗎？」瑪那問。

「吃了一顆鎮靜劑，睡了。」李多娜說。「瑪那老師，冥想真的能幫助數位排毒，擺脫上癮現象，對不對？」

瑪那尚未回答。李多娜又問：「我聽說，冥想可以解決疾病，無論是生理上還是心理上，有人透過冥想治好恐慌症，還有癱瘓的人因此能重新走路，這是真的吧？」

李多娜的問題，像一支箭不偏不倚戳中我的心臟。我完全可以理解她為什麼這麼問。

在妻子確診漸凍人症之初，我們得知這是一種因蛋白質摺疊錯誤導致的神經退行性疾病。患者會逐漸肌肉萎縮，最後呼吸衰竭而死。主流醫學宣判是不治之症。我並不想放棄，我閱讀很多靈性書籍，想從任何自然療法中獲得救贖。

而冥想，就是其中一種。當時，我費盡心思找到了一個冥想大師，問了和李多娜一模一樣的問題。

「李小姐，冥想並不是一種醫療行為。」瑪那溫和地說。

她的回答和當時那個冥想大師如出一轍。

「你們搞數位排毒，是因為很清楚網絡對大腦的影響。不是嗎？」

瑪那頓了數秒。「我們使用腦部的程度和方式，確實會影響不同區域的大腦皮層，形塑腦部的發展。自從進入數位時代以來，就有各種相關研究顯示，過度使用數位設備，或網絡上癮，會妨礙腦部發展平衡。透過腦功能影像（ｆＭＲＩ），顯示過度依賴網絡的人，前額葉和前扣帶回的活化程度會下降。前額葉是和我們的注意力和情緒相關的區域，這個區域發達，情緒就會穩定。一般而言，孩子的情緒不穩定，是因為前額葉功能尚沒發展成熟。而前扣帶回則與同理心相關。」

「但科學也已經證實冥想能影響大腦活動，對不對？」李多娜說。

「是的，簡單來說，就是科學家透過掃描資深冥想者的大腦，發現他們大腦的某些神經活動和普通人不一樣。比如當身體面臨疼痛，他們大腦中與焦慮恐懼相關的區域，如杏仁核的活動會減少，使他們在面對疼痛時，不會像一般人焦慮。他們的腦島和前額葉皮層灰質的體積也比普通人大，令他們情緒更安定。一些與積極情緒和同理心相關的大腦網絡也會產生變化。換句話說，冥想能幫助大腦重新連結某些神經回路，對身體、腦部甚至心智產生影響。」

「也就是說，冥想可以幫助擺脫上癮症狀和情緒問題。」

「是的。」

「多久？」李多娜問，「這五天內可以嗎？」

瑪那望著李多娜，一時說不出話。

「你覺得我很可笑，和無理取鬧吧。」

「我沒那麼認為。」

「我只在想，為什麼那麼多人只相信科學數據，卻不相信自己。」

李多娜驚訝地望著她。「你是那種反科學分子，或反科技主義者嗎？」

「不。」瑪那說。「我並不反科學，也不反科技。我曾經在大學當人工智能材料的研究員。在我的看法，科技是中性的，有意識地使用就會造福人類，無意識地使用會毀滅人類。」

「那你是什麼意思，什麼叫不相信自己？」

「不相信可以透過自己的觀察，讓身體和心智重新連結，自己和世界重新連結。」

「說實話，我不太喜歡這種身心連結的概念。聽起來像是什麼新世紀的騙人玩意。」李多娜一笑，「況且，非要說的話，在我看來，沒有任何一個時代，像現在這樣把整個世界連結起來。」

「是的，網絡確實串連了整個世界，但我要說的不是這個。」瑪那還是很平靜，「舉個例子，在很久以前，人們吃飯就安心吃飯，仔細品味嘴巴內每一口食物的味道，是甜是酸，是硬是軟，是溫熱的還是生冷的，單嚼肉的滋味，和肉菜同嚼的滋味，都會被吃飯的人專注品味與辨別。但現在呢？李小姐，你還記得剛才自己吃過什麼，又是什麼滋味嗎？」

李多娜一時語塞。「怎麼可能會記得？我腦子裡在想著其他事情。」

「是的，從世界飛速發展開始，我們變得非常忙碌，變得身心無法合一。網絡讓我們連結了全世界，卻讓我們失去和自我的連結。我們的腦海不是在想著過去的事，就是想著未來的事，很少專注在此時此刻。比如說，即便剛才您只冥想靜坐了不到五分鐘，思緒是不是一直飄開，無法持續停留在呼吸上？」

李多娜的煩躁感又回到臉上。「沒錯。」

「不必感到挫敗，能覺察到自己的注意力飄散，在冥想中非常重要。」

「為什麼一定要把注意力集中在呼吸上？」

「呼吸是連結身體和我們的一條線。把這條線抽走，身體就會和你分離。」瑪那說，「透過反覆把注意力拉回呼吸上，能帶來清晰的覺察。」

「覺察什麼？」

「生命原本的樣子，世界原本的樣子。」瑪那說，「如果這個大廳是個世界，沒有清晰的覺察，我們將沒有辦法順利穿越它，無法從虛幻走向真實。」

「在我看來，這周圍的一切都很真實。」李多娜抬頭環視大廳。

「沒關係，在這五天裡，你會慢慢明白的。」

「我來這裡的目的，是想要更直接的東西，而不是飄渺虛無的哲學理論。」

「這就是為什麼我剛剛說，理論對於冥想無用，只有直接體驗，才能避免讓自己陷入自動導航的模式……」

李多娜忽然臉色一沉。「你說什麼？」

瑪那一向平靜的神情終於閃現驚愕。李多娜盯著她好幾秒，臉色逐漸恢復如常。

「對不起，我走神了。」她垂下眼皮，「你剛剛說什麼自動導航？」

「現代人生活的模式，就是自動導航。吃飯、工作、走路，都像一條工廠流水線，沒有清晰意識到自己真正在做著什麼事。在網絡數位時代，我們只關注虛擬時空，而忘了身邊的物理時空，沒有意識到它是在下雨還是颳風。而冥想，能幫助我們回到當下的時空，讓感知煥然一新，體驗真正的時間流動……李小姐？」

「抱歉，我累了。」李多娜抬起眼睛，剎那間，她原本銳利的眼神疲態盡顯。

「請上樓好好休息。」

「你有沒有過那種時刻？希望自己入睡之後不必再醒來。」李多娜依然坐著，眼神有些恍惚，「希望睡著之後，有一隻手輕輕抽走你那條線。」

瑪那沉默片刻。「有。」

「那條線被抽走之後，我們會到什麼地方去呢？」

「根據不同的宗教信仰和人生哲學，每個人的答案都不同。」

「你的答案呢？」李多娜凝視她。

瑪那再度陷入沉默。

「對我來說，人死了以後，就化為自然中的一個粒子。與光、塵土、陽光、露水相連，與萬物同在。」

李多娜聽完，露出若有所思的樣子。

「謝謝你，」她終於站起來。「明天我會好好體驗的。」

李多娜離開後，我站在原處，覺得心裡有什麼東西被觸動了。

就在這時，陳博士忽然從中門後走了進來。我有點意外，我原以為他已經上去休息了。抬起手錶一看，差不多快九點了。

「您好。」瑪那向他點頭，「有問題嗎？」

「啊不，」陳博士說，「高先生告訴我，說你有話告訴我，讓我在這裡等你。」

瑪那愣了幾秒。「我想他聽錯了。我是請他讓房女士來找我。真的不好意思。」

「啊，沒關係。」

「陳先生。」瑪那忽然叫住他。

陳博士回頭。

「也許是我冒昧。」瑪那用溫和的語氣說，「從您來到這裡，我就察覺到您似乎很不安——是有什麼需要幫忙的地方嗎？」

陳博士吃驚地看著她。「不，不，」他連連說，「我很好，謝謝你。」

「這樣啊。」瑪那點點頭，「那麼，晚安。」

「晚安。」陳博士低下頭，我忽然注意到，他的脖子在一瞬間浮起一塊紅斑。他推開中門離開了。

瑪那依然盤腿坐在原位，露出若有所思的樣子。

沒多久，她終於站起來，把大門關上鎖好。推開中門，走向樓梯口。房女士似乎也完成了廚房的任務，提著煤油燈回到大樓內。瑪那鎖上兩邊側門。

「都收拾好了。」房女士說。

「辛苦了，早點上去休息吧。」瑪那說，「明天還得早起。」

兩人一起上了女生宿舍的樓，房女士從內側鎖上樓道的鐵件拉門。

我轉過身，想回到大廳，這才發現中門已經關上。想走出戶外，兩邊側門也已經關上。

我就這樣被困在走廊上。

5

四周寂靜無聲，只有煤油持續散發出令人回憶的舊時氣息。

直到這一刻，我才慢慢沉澱下來，細想今天發生的事。

這半天過得太奇特，我的思緒如潮水一般洶湧起伏。

到底為什麼我會在這裡，我又究竟是以什麼形態出現在這裡？

這三年來，因為妻子的死，我帶著兒子到處在世界遊走。我們居住的地方，都是類似阿米什人[3]般，遠離網絡的地方。

而現在，我又來到這種地方。到底是為什麼呢？

我默默想了一會兒，始終找不到答案，思緒又回到這半天看到的一切。

如果不是親眼所見，我一定不會猜到，這一群人是來這個叫做「桑迪島」的島上參加「數位排毒」的。

我想起剛剛瑪那和李多娜的對談，想起瑪那說：「呼吸是連結身體和自己的一條線。把這條線抽走，你就會和身體分離。」

我頓時想起妻子，想起患上漸凍人症的她。患上這種病的人，最終會死於呼吸衰竭。

也就是說，冥冥中有一隻手，會來把她的那條線抽走。

而她並不想被人抽走那條線，所以選擇了另一種方式。

我的心再度抽搐起來。

因為陷入巨大的痛苦，我緊急想轉移注意力，於是把目光投向中門上貼著的日程表。

0400　　　：起床

0430-0630：各自冥想

0630-0800：早餐／歇息

0800-0900：集體坐禪

0900-1100：各自冥想

3 編註：阿米什人（Amish），基督教門諾教派（Mennonite）的一支，起源於瑞士的德語區，現居美國賓夕法尼亞州一帶。生活方式傳統、自給自足，拒絕使用現代科技，社群幾乎與外界隔絕。

1100-1200：午餐
1200-1300：諮詢導師／休息
1300-1430：頌缽音療
1430-1530：集體坐禪
1530-1700：獨自冥想
1700-1800：下午茶
1800-1900：集體坐禪
1900-2030：開示
2030-2100：冥想指導
2100-2130：諮詢
2100　　：上床

在時間表的下方，還註明了幾個重要提示。

1. 營會結束前禁語，不與他人交談或物理接觸

2. 營會期間茹素

3. 營會期間禁止閱讀、書寫、聽音樂
4. 營會期間禁止殺生

下面是一行開示文字。

Make an island of yourself 為自己建一個島
Make yourself your refuge 讓你成為自己的歸依
There is no other refuge 再無別的歸依
Make truth yours island 讓真相成為你的島
Make truth your refuge 讓真相成為自己的歸依
There is no other refuge 再無別的歸依

我把這段文字放在嘴裡反復默唸，試圖咀嚼出其中的滋味。

H縮在房間的一角瑟瑟發抖，男人向她步步逼近。

他的手上拿著一捆細細的麻繩。

「別過來，別過來！」H啞著嗓子，「放過我，我絕對不會說兇手是你。」

「你當然不會。」男人的聲音很詭異，像快沒電的電器。

「如果你殺了我，其他人會知道的，他們一定會查出是你的。」

「不會的。所有人都從你的數據中看見你的病史。」男人的嘴角綻開一朵微笑，「大家會以為你過度痛苦而自殺。」

男人用繩子往她頸上一套，繞了好幾圈。接著，彷彿來到男人最期待的環節，他把繩子使勁往後一提，像釣上一隻肥美的大魚。

H的腿一開始還在使勁亂蹬，沒多久逐漸消停。

她的腿終於不動了。

男人哼著歌丟掉繩子，慢條斯理地在房內的浴室洗了個澡，智能水表的數字現在一定有所變化，但他一點不擔心別人會捉住他。

他知道怎麼從數據中逃脫。

收拾後一切，他走出房間。「Cocoon，關門。」

他耳邊瞬間傳來一把沉穩而溫柔的女聲。「是的，主人。」

門倏地關上。

在有人開門之前，這個房間會暫時會是一個「密室」。

光想到這兩個字，他的尾椎就生出一股溫熱的顫慄，直衝腦門，雙頰頓時潮紅起來。

他會殺光這個房子內的所有人。

他會成為最後玩家。

——節選自周云生作品《數據繭》

Chapter

2

1

我在黑暗中獨自坐著，意識彷彿在黑色的海洋上載浮載沉，直到聽見女宿舍的樓道聲響，這才回過神來。

已經是第二天了嗎？

望望手錶，時間是凌晨三點五十五分。

我忽然想到，昨晚揚言要把欠李多娜的東西「原樣奉還」給對方的劉東尼，一整晚都沒有下來。大概是想到女宿舍已經上了鎖，打消了念頭。

樓梯的腳步越來越響。接著，我看見瑪那和房女士各自提著一盞煤油燈來到樓梯口。

我站了起來，隔著樓梯的鐵件拉門望著她們。

房女士用一支鑰匙打開鐵件拉門的鎖，兩人走出來後，又重新鎖上。接著，她把那支鑰匙交給瑪那，兩人走到東側門，拉開插銷，轉開喇叭鎖，走到室外。

房女士往餐廳方向去，而瑪那走向銅鑼，我尾隨著她。

噹——

敲響第一聲銅鑼的時候，銅鑼那低沉的餘韻彷彿一股顫慄，使腳下的土地逐漸復蘇，一些僵固的記憶也彷彿從我腦海蘇醒。我回憶起兒子小時候，在一個串流影片中看到一個提著銅鑼的打更人，問我那個人為什麼敲打那東西。

「他在報時。」我對兒子說，「告訴大家現在幾點了。」

「他們沒有時鐘嗎？」兒子反問。

「沒有，那時候時鐘還沒有發明出來？」

兒子沉思半晌。「那鬧鐘呢？手錶？」

「也還沒發明出來。」

「那到底什麼時候才有時鐘呢？」

我回答不出來，因而被妻子取笑，說「時間」和「時鐘」這個在推理小說裡那麼重要的元素，我居然一無所知。為了贏回家人對我的愛與尊重，我趕緊打開搜索引擎，尋找答案。

「我知道了，最先發明時鐘的人是修道院的修士。」

「修士？」看他倆一臉驚訝，我很得意。

在中國古代，人們想描述時間這個概念，用的是「一盞茶」或「一炷香」這種詞彙。連在工業革命以前，人類的時間概念還是模糊的，地區之間的時間並未相連。但工業革命後，隨著鐵路的興建，城市與城市被連結起來，各地時區終於被統一。經濟形態從自產自銷轉為工廠製造，時間成了我們生產的代表單位。我們一日精確產出特定的小時，就能得到相應的薪水。而來到今天，隨著科技的飛速發展，全世界被迅速串連，一天的時間還是只有24小時，但網絡不分白天與黑夜，我們可以為遠在地球另一端的企業工作，隨時隨地，線上待命。

「時代發展真是驚人。不說那麼久遠，那天我才發現，原來已經有人不知道什麼是DOS作業系統[4]和撥號上網[5]。」妻子感慨地說。

「我去網上找找有沒有那種水壺型的第一代手機，送給兒子當生日禮物。」我笑著說。

時光的浪濤會淘去我們的生命。也因為這樣，我的幸福如此可貴。我摟住了妻子的肩頭，智能壁爐上的火暖暖地燒，我們看著眼前的兒子，牢牢抓住眼前這刻的幸福。

不想過去，不想未來，只凝視此時此刻，如同眼前牆上，那個滴答滴答的鹿角時鐘。那是妻子最愛的時鐘，上面所有的數字都是混亂的。

妻子把頭靠在我肩頭，我請智能音箱幫我播放一首妻子最愛的歌，同時，我的腦海恍如響起的音樂般浮現出一首詩。

掛在鹿角上的鐘停了
生活是一次機會
僅僅一次
誰校對時間
誰就會突然老去

想起那一幕，我不禁熱淚盈眶。

＊

4　編註：DOS，磁碟作業系統（英文：Disk Operating System）的縮寫，通行於1981年至1995年的電腦作業系統。

5　編註：撥號上網，透過本地電話線經由數據機連接網際網路，普及於1990年代網路興起時。

七聲銅鑼聲結束後，瑪那放下鑼棒。

我下意識望向宿舍窗口的方向。

左邊男宿舍二樓有一扇窗戶被打開了，裡面透出火光。一道黑影出現在窗戶，從身高看來，是R203的高哲生。他朝這裡揮了揮手。

接著，女生宿舍一樓的一扇窗戶也被打開了，那是住在L101的李多娜。她執著煤油燈，探出頭，往右側張望，似乎是想看看兒子醒來沒有。

瑪那沒有回到大廳，而是就地坐在銅鑼邊，盤腿冥想。

天空還是黑漆漆的，獨坐在這片空曠地上的瑪那，彷彿與天地合為一體。我忽然想起她昨天和李多娜說過的話：「人死後，就化為自然中的一顆粒子，與光、塵土、陽光、露水相連，與萬物同在。」

過了一陣，李多娜關上了窗戶。

昨天看過的流程表上，我記得從現在開始到清晨六點半，大家必須在各自的房內冥想。

我就這樣隨著瑪那坐在地上，盯著天色一點一點變化。我發現，只要一個人夠專心，就會發現我們原本所謂的黑色，並不是我們想像中的全然的黑，而是吞吐著各種微妙的變化。

時間一分一秒地流逝，天空終於開始微微泛白，我看了一下手錶，時間是六點零四分。

六點二十八分，瑪那終於緩緩睜開眼睛，站了起來。

她撿起地上的鑼棒，再度敲了七聲。

這一刻，我發現了一個之前沒注意到的事。

瑪那雖然戴著手錶，但她並不看錶，卻能如此精準的感受到時間，彷彿她身體內置著一個精準無比的生理時鐘。我對這點感到驚奇無比。

我跟著她回到大樓，看著她用鑰匙打開女宿舍樓梯門的鎖。

接著緩步走向餐廳。

我決定和她一起去。

抵達餐廳門口，我們就看見房女士在長方桌子上擺設了一托盤的雜糧堅果麵包和牛油果醬，另外還有咖啡、茶、與蜂蜜。水果則和昨天一樣。

五分鐘後，高哲生和劉東尼一前一後來到。兩人看起來精神不錯。過了大概五分鐘，陳博士才抵達。六點四十五分，吉亞才步入餐廳。

陳博士看見吉亞走來，忽然看起來有點慌張。

「發生什麼事了嗎？」高哲生眼尖地注意到他的異常。

「不，沒什麼。」陳博士躲過他的注視，囁嚅說。「只是發了個噩夢。」

瑪那轉向他們，把食指豎放在唇上。高哲生和陳博士恍然大悟，一起掩住嘴巴。

我這才想起，對，開始禁語了。

就在這時，我注意到陳博士的脖子上忽然出現了一塊紅斑。

昨天，當他和瑪那說話時，脖子也曾忽然出現紅斑。

和他一起出現的吉亞的短髮看起來有點凌亂，但臉上依然笑咪咪的。她的胃口依然很好，拿了四片麥片麵包和兩顆蜜棗，塗上一些果醬，還倒了咖啡。

大家陸續拿了食物落座。

劉東尼和高哲生都快吃完了，李多娜母子卻沒出現。

難道是李麥克再度鬧情緒了？

六點五十五分，瑪那離開餐廳，朝宿舍的方向走去。

我猜她是去叫醒李多娜母子。

不知怎的，我忽然覺得有點不對勁，決定跟上她。

穿過東側門，我們走上女宿舍，走到一樓平臺的時候，我忽然瞥見角落邊有個發亮的東西。定睛一看，居然是一顆水晶柱。

真是奇怪，這裡怎麼會有一顆水晶柱？

但我無暇理會，快步跟上瑪那。

從一樓走出來左轉，就來到李多娜的房間。

「李小姐。」瑪那敲了敲門，「李小姐？」

沒有回應。瑪那又叫了幾聲後，試圖轉動喇叭鎖，但紋思不動。房間上鎖了。

瑪那臉上露出焦急神色。又拍門一陣後，她忽然轉身奔下樓，我猜測她是去求助。

我站在原地，打量四周。女宿舍的格局和男宿舍一樣，同樣是並排的三間房，對面是一間公用廁所。廁所門開啟著，看起來沒有異常。

沒多久，所有人都衝了上來。

幾個男人輪流撞門，幾分鐘後，門終於被高哲生撞開。他因為慣性踉蹌往前，我趁機從他身邊竄入。

目睹的那瞬間，我的腦海忽然一陣空白。

身後隨即響起陳博士的驚叫。

只見李多娜側躺在床上，雙腳朝門的方向。她的心臟處插著一把水果刀，手還放在刀柄上。身體微微蜷曲，已經有了僵硬感。白色上衣的傷口處凝成一圈凝固的血跡。

我的大腦瞬間陷入停頓，一個似曾相識的畫面在腦海一閃而過。

同樣是躺在床上，同樣是女人，只是那張臉變成了妻子的臉。

在那個畫面裡，妻子側躺在睡房床上，心臟插著一把刀，腮頰如往常般雪白，散布著幾顆淡而美麗的雀斑。很奇怪，她的臉上居然沒有一絲痛苦。

三年來，我的腦海一直被這幅畫面占據，無處可逃。如今它再度捲土重來。

不知過了多久，意識才慢慢清晰，我聽見周圍的人在嚷嚷「快報警！」，我茫然轉頭，看見瑪那迅速衝出房間，房女士臉色青白地跟上她。

房間相當擁擠，劉東尼第一個走出房間，站到走廊上，表情異常冷靜。接著，陳博士青著臉捂著嘴走出房間，震驚的神氣尚未散去。

吉亞喃喃自語：「我的天。」

她緊閉雙唇走出房間。

房裡只剩下高哲生，他走到我身邊，站在床邊凝視李多娜。

我定了定神，重新把目光望向李多娜。

眼前李多娜的皮膚狀況，以及身上血跡的顏色，和當初我趕回家看到妻子時的情況差不多。當時，妻子已經死去大約兩個小時。

高哲生終於把視線從李多娜身上移開。

他走到門邊，檢查門鎖的情況。我這才注意到，這扇門除了一個喇叭鎖外，門的內側還裝有一個普通的T型插銷。因為剛剛撞門產生的衝擊力，原本固定著的螺絲鬆脫，插銷被撞飛到地上。

我這時想起，剛剛和瑪那一起過來時，她無法轉動喇叭鎖。

換言之，當時這扇門由內上了兩道鎖。

高哲生觀察了一下門鎖和插銷，走到窗邊。

窗戶的構造和李麥克的房間一模一樣，也是鋁製窗框搭配月牙鎖。月牙鎖被扣得好好的。就在昨天，李多娜還在替兒子開窗，讓涼風灌入。

我不禁想到，李麥克如果知道母親死了，會有什麼反應？

我不忍再回想妻子去世時兒子的神情。

劉東尼走了進來。「你在幹什麼？」

「嗯？」高哲生轉身，「我只是想確認門和窗的上鎖情況。」

「為什麼？」

「如果門和窗都確定是由內上鎖，就代表李小姐去世時，房間內沒有其他人。」

高哲生[6]皺了皺眉頭。「什麼意思？你在懷疑有人殺死她？」

「我只是想排除這種可能性。」

「那你得出結果了嗎？」

「是的。」高哲生說，「在我們撞門進入之前，房間的門和窗都是由內上鎖的。而且，房間的格局和大家的應該都一樣，一目瞭然，沒有任何可以藏身的地方。」

劉東尼似乎暗暗鬆了一口氣。

「也就是說，她是自殺的嗎？」吉亞站在走廊問。

「看起來是這樣。」高哲生說。

「可是……為什麼呢？」陳博士小聲問。

是的，為什麼李多娜要自殺？

我再度想起昨晚劉東尼和她之間的齟齬怨隙。如果不是我親眼目睹樓梯門被鎖上，會整晚都守在樓梯口，真的會懷疑李多娜的死和他有關。那李多娜是因為這件事自殺的嗎？

你有沒有過那種時刻？希望自己入睡之後不必再醒來。

她昨晚和瑪那說過的話再度浮上心頭。

陳博士的話無人能回答。

「如果是自殺的話，」高哲生走到床腳，打開旁邊那個大約五尺高的衣櫃。

「或許她會留下什麼——咦？」

我站在他背後，看見裡面放置著一個行李箱。

6 編註：此處應為劉東尼。為保留參賽作品原貌，原文不作修改。

行李箱上面是個白色布袋，裡面一堆被敲得七零八碎、混雜著擊碎的金屬片與玻璃碎屑，碎屑中還放著一把錘子。

「你在看什麼？」劉東尼走過來。

高哲生從裡面捻出一個玻璃碎片。「這是——」

走廊上響起急促的腳步聲。我們幾個人齊齊回頭，看見瑪那和房女士衝了進來。

「報警了嗎？」高哲生和劉東尼異口同聲。

兩人一起搖頭，臉上神色怪異。

高哲生一愣。「為什麼？」

「衛星電話不見了。」瑪那說。

「怎麼可能？」劉東尼皺起眉毛，「之前放在哪裡？」

「我房間的床頭櫃。」瑪那的嘴唇有點發白，但語氣依然平穩，「不但如此，昨晚所有人交給我的數位設備，全都不見了。」

高哲生和劉東尼對視一眼，目光再度投向布袋。

「咦，原來在這裡——」房女士說，但立刻意識到不妥，「怎、怎麼會變成這樣？」

「瑪那老師，你昨天最後一次看到這些東西是什麼時候？」高哲生問。

「昨晚五點五十分，在上課前，我用衛星電話和主辦方報平安的時候。」

「當時我們的東西也都還在？」

「是的。」

「你都藏在那裡？」

「床頭櫃的抽屜裡。」

「之後你就沒再接觸這些東西了。」

瑪那點點頭。高哲生沉吟不語。

「真是個瘋女人。」劉東尼盯著布袋裡的碎屑喃喃。

「劉先生，你的意思是？」

「很明顯，不是嗎？這個女人自殺，還想拉著我們一起陪葬。所以才偷走並搗毀了這些所有東西。」

「但我的房門是上鎖的。而且，正如剛才所說，我昨晚六點前在房間用衛星電話聯絡了主辦方。」

「那只是普通的喇叭鎖。」劉東尼說，「有心撬開相當容易。而且，昨晚所有人都在大廳時，李小姐不是帶著兒子回房休息嗎？她安頓好孩子後，完全有時間溜上你的房間，偷走這些東西。」

「很抱歉。」瑪那向大家微微低頭，誠懇地說，「是我沒有保管好大家的私人財物。我會負責賠償給大家。」

「現在不是說這些的時候。」吉亞幽幽地說，「沒了衛星電話，現在我們該怎麼辦？」

「正如剛剛所說，我會每晚定時在六點前和主辦方聯繫一次，就是為了預防衛星電話有什麼狀況。」瑪那說，「一旦失聯，那邊立刻就會派人過來。」

「那就好。」

所有人顯然鬆了一口氣。「現在幾點了？」陳博士問。

「九點半。」瑪那說。

「天啊，距離六點還有九個半小時。」劉東尼喃喃自語。

「真的很抱歉。」瑪那再度微微欠身。

「說起來，」房女士忽然小聲說，「我們是不是應該去看一下李小姐的兒子，他還不知媽媽已經去世了。」

「我去看他。」瑪那說，「房女士，能不能請你陪我一起去？」

「那當然，那當然。」

兩人正要下樓，高哲生忽然開口。

「對不起，請等一下。」

所有人都看著他。

高哲生露出歉然的表情。「各位，我希望大家不要分散行動。」

「為什麼？」劉東尼皺起眉頭。

「因為，我不覺得李小姐是自殺的。」

所有人都盯著他。「你憑什麼這麼說？」劉東尼問。

「因為李麥克。」

「李麥克？」

「為什麼李小姐身為一個母親，要在把孩子帶來這種孤島後自殺，讓孩子和一群陌生人在一起？這種事發生在任何一個孩子身上，都會帶來巨大的精神創傷。」

劉東尼嘆了一口氣。「如果非要說一些冒犯的話，這世上不負責任的父母是很多的。」

「但昨天各位親眼看見，李小姐很愛自己的孩子。」

「爭辯這點並沒有意義。」劉東尼說，「我們可以各自說出一百個自以為是的理由，但是不是事實，沒有人知道。」

「好，那我再說第二個不合理的地方，就算李小姐決定拋下孩子在這種孤島自殺，為什麼又要費盡心思，偷了所有人的東西搗個稀爛呢？」

「這點我說過了，也許她天生反社會，即使不想活了，也會拉人陪葬。」

「你似乎很篤定。」高哲生問，「你認識李小姐嗎？」

「不認識。」劉東尼說。

他居然撒謊。

「你說她要我們陪葬，意思是她希望我們也滯留在孤島，在這裡活活餓死嗎？」

劉東尼一時語塞，望著他。

「劉先生，你花了多少錢來這裡？」不等對方回答，高哲生就說，「大家來這裡參加科技排毒課，都所費不貲，對不對？即使沒了衛星電話，你覺得主辦方會任由我們這些客人和他們失聯，直到活活餓死嗎？」高哲生頓了頓，「不可能，即使瑪那老師不說，這也是常理可測的事。」

「即使不會餓死我們，她也可能是想惡意嚇唬我們。」

「也包括他的兒子嗎？」高哲生問，「你說世上有不負責任的父母，我無話可說。你說人會對陌生人釋放惡意，這我也無話可說。但一個即使不負責任的父母，也會在死後對孩子釋放惡意嗎？」

劉東尼無話可說。

「退一萬步說，真的想令我們和外界失去聯絡，與其偷布袋、偷鏈子後再搗碎，為什麼不直接拋去大海呢？不是更容易嗎？選擇搗碎通訊設備，顯然別有用意。」

「什麼用意？」房女士憂心忡忡地問。

「為了不讓我們進行搜索。」

所有人露出疑惑的神情。

「要是只是把通訊設備丟入大海，我們在發現東西不見後，勢必會滿屋子尋找。兇手就是不願意讓我們這麼做。」高哲生說。「他把李小姐偽裝成自殺後，在房內留下這個布袋，其實是一種心理操縱，讓我們因此不再滿屋子去尋找，只要乖乖坐著等待救援。這樣，他就有時間去處理掉自己出於某種原因，無法輕易消除掉的證據。」

「這也只是你一廂情願的推測吧？」劉東尼笑著說。

「是的。但如果不是兇手的話，應該不會懼怕所有人一起去搜索房間吧。鑒於目前島上只有我們這群人，雖然這麼說很冒犯，但嫌疑人應該就在我們這幾個人當中，當然，也包括我。如果大家不反對，為了各人的清白，希望大家能結伴一起去搜索每個人的房間。如果現在大家分開行動，很可能就提供兇手機會銷毀證據。」

大家默然不語，但也無人辯駁。

「我反對。」劉東尼收斂起笑容。「我可以以我的名譽起誓，我絕對不是兇手。但我不能忍受有人只是因為出於扮演偵探的欲望，就在毫無證據的情況下，當著眾人的面搜查我的私人物品，侵犯我的隱私。瑪那小姐，就因為島上出了人命，所以你們就不保障其他學員的權益了嗎？這個人可不是警察。」

「劉先生說得對。」瑪那說，「高先生，你不能這麼做。」

高哲生正想說什麼，「我可以問個問題嗎？」陳博士忽然小聲問。

「請說。」

「剛才高先生已經證實我們在進入李小姐的房間時，房間的門窗都是由內上鎖的，也就是處於所謂的密室狀態。既然是密室，那高先生為什麼還堅持有兇手呢？」

陳博士那麼說後，我看見劉東尼露出同意的微笑。

「因為密室是可以偽造出來的。」高哲生一臉嚴肅，「既然發現了疑點，那就應該尋找更多線索，去檢驗密室到底是真是假。」

劉東尼微嘆一聲。「疑點是您自己說的。」

陳博士想了想。「如果沒辦法搜查房間的話，那還有沒有其他辦法去檢驗密室的真偽呢？」

「可以從每個人提供各自的不在場證明下手。前提是，所有人願意配合。」

「不在場證明？」劉東尼微笑，「這有什麼問題？」

在大家一致同意下，所有人退出李多娜的房間，在走廊上開始提供不在場證明。

其實並沒有什麼好提供的。劉東尼、高哲生和吉亞都說自己從聽到第一次鑼聲開始，就起床梳洗，然後一直待在房間冥想，直到第二次鑼聲響起才下樓，下樓後就直接走向餐廳吃早餐，直到瑪那回來尋求幫助，所有人才一起來到李多娜的房門口。

只有陳博士的答案和大家不同。他說自己雖然留在房內，但因為前一天太累了，所以沒有起來冥想。

房女士說自己離開冥想大樓後就一直待在廚房直到大家出現。

瑪那則如實交代自己敲完鑼後，就坐在原地冥想，直到六點半敲第二次鑼後，就回去打開女宿舍樓梯門鎖，然後走去餐廳。

「您坐著的地方，是可以看到兩邊宿舍的窗戶的，有沒有注意到宿舍窗戶有什麼異常？」高哲生問。

「我當時正閉著眼睛。不過，並沒有聽到或感受到任何異常的聲音。」

我回想來到餐廳後的情況。

清晨六點半，瑪那敲完第二次鑼後，就回到樓梯開門，接著步向餐廳。我們在這裡遇見房女士，當時大概是六點三十五分。不到三分鐘，劉東尼和高哲生一前一後抵達。又過五分鐘，陳博士抵達。最遲的是吉亞，但她抵達的時間，也不會超過六點四十五分。十分鐘後，瑪那回到李多娜房前敲門，大約七點鐘，房門被撞開。

至少在我的目擊範圍裡，並沒看到任何人撒謊。

高哲生聽完，點點頭。「再來和大家確認兩個問題。第一，請問大家最後一次見到李小姐是什麼時候？」

「昨天晚上。」陳博士說。

劉東尼、吉亞和房女士也給了相同的答案。

劉東尼並沒有說出兩人之前在蓮花池爭執的事。

「今天早上四點。」瑪那說，「我敲完銅鑼後，看見李小姐從房間窗戶打開窗。」

「我也是在那個時候看見她。」高哲生說，「我當時打開窗，從斜角看見她。她當時還活著。」

這兩個人都沒有撒謊。

「第二個問題：昨天李小姐要求樓梯門上鎖，結果鎖上了嗎？」

「是的，昨天晚上九點，我們已鎖上樓梯門，今早四點，我和房女士一起下樓後，重新鎖上樓梯門，直到六點半，也就是第二次敲鑼後才再度打開。」瑪那回答。

「當時鑰匙在你手上嗎？」

「是的。」

「樓梯門的鑰匙有沒有其他備份？」

「沒有。」

「我們發現屍體的時間是？」

「大約七點。」瑪那說。

「謝謝你。也就是說，從六點半到七點之間，樓梯門是打開的。但我要排除掉兇手在這段時間作案的可能。因為我們七點鐘發現李小姐時，雖然不便檢查屍體，但她的身體很明顯已經出現了僵硬感，目測已經死了至少一個小時。」高哲生頓了頓，有些羞澀地咳了一聲，「我大學時曾經旁聽過幾堂法醫課。」

「沒錯。」房女士小聲說。所有人都望向她。

「我退休前是急診室的護士。」她說。

「要進入李小姐的房間，只有通過窗口或房門。」高哲生說，「但我們也可以排除掉兇手從窗口進入的可能。首先，瑪那老師從四點開始一直在鑼邊冥想。兇手如果從窗戶進入，就要冒著被她發現的風險。當然，不排除瑪那老師可能和兇手勾結。」

「我全程在旁邊目睹，根本沒人在爬窗！」我在旁邊大聲說。但高哲生完全聽不見。

「不過，這棟大樓的外牆很滑，沒有任何立足點，正常人應該無法從窗戶爬入。另外，李小姐的房間雖然在二樓，但一樓廁所外是蓮花池，想要從那裡爬到二樓，足底一定會沾上泥巴，留下痕跡。所以，我想排除掉從窗戶進入的可能。」[7]

7 編註：此段敘述中，二樓應為一樓，一樓應為底層。為保留參賽作品原貌，原文不作修改。

我頓時鬆了一口氣。

「在估計李小姐死亡的時間點，女宿舍樓梯門是上鎖的。加上兇手無法從窗戶進入，所以可以排除掉男性潛入行兇的可能。在剩下的女性裡，瑪那老師一直坐在大家只要從窗戶一望就看到的地方；房女士手上沒有樓梯門鑰匙，那麼當時最靠近李小姐的就只有一個人。」

高哲生轉向右邊，「吉亞小姐，當時只有你和李小姐一起在女宿舍裡。」

吉亞從剛剛開始就一直沉默著。聽了高哲生的話，她有些無奈地攤攤手。

「不是我。」她說，「我當時不在房間內。」

「你在哪裡？」

吉亞咬了咬下唇，終於開口：「我不在女生宿舍。」

高哲生揚起眉毛。「你的意思是——」

吉亞凝視著他。「一整晚，我都在男宿舍。」

「你說什麼？」高哲生相當意外，「為什麼？」

「我不想說原因。總之我已經交代了，我在男宿舍。所以在你說的那段時間，我不在女宿舍內。」

「你在男宿舍的哪裡？有證據嗎？」高哲生追問。
吉亞再度不吭聲。
「我、我替吉亞小姐作證。」出乎意料，開口的居然是陳博士。
「今天早上，我離開房間時，在樓梯口遇見吉亞小姐。」陳博士猶豫數秒，
「她當時從三樓下來……」
「三樓？」高哲生失聲。
我吃了一驚，三樓只住著一個人。
「難道你和劉先生……」
吉亞撇開頭，雙唇緊閉。
所有人的目光都集中在劉東尼臉上。他在安靜片刻後，忽然哈哈大笑。
「是的，她……昨天在三樓。」他露出引人遐想的神情，閃過一絲得意，「說到這分上就可以了吧？大家都是成年人。」
吉亞一聽，立刻惡狠狠地瞪了他一眼，背過身去。劉東尼卻渾不在意。
大廳陷入一陣尷尬。沒有人想到會在這種情況下，撞破兩個陌生人的風流韻事。

老實說，我覺得很不舒服，也很意外。為什麼像吉亞那麼可愛的女人居然會願意和劉東尼混在一起。誠然，我不認識她，對她的好感也純然是出於對妻子的移情作用。

「所以，大偵探，你覺得兇手是誰？」劉東尼問。

高哲生沉默數秒，搖搖頭。「我不知道，目前看來沒有足夠的線索。」

老實說，到現在為止，我都覺得劉東尼的嫌疑最大，畢竟他昨晚試圖到李多娜的房內。但我也親眼看到，樓梯門在昨晚鎖上，還一整個晚上都守在那裡，連蚊子都沒看到一隻。

唯一的可能就是，看上去老實巴交的陳博士撒謊，吉亞根本不在男生宿舍。這表示他們是一夥的嗎？動機又是什麼呢？劉東尼後來也站出來證實吉亞在男宿舍三樓，但表情卻耐人尋味，他到底是說真話還是謊話，如果是真話，那殺死李多娜的到底會是誰；如果是假話，難道他們三人是一夥的嗎？

難道這座島上，還有除了這幾個人之外的人嗎？

我很快打消了這個念頭。我曾經環島一周，很清楚島上沒有其他可以藏匿的地方。

「既然如此，我們可以自由了嗎？」劉東尼問瑪那。「還是要一直在走廊上等到主辦方派人來為止？」

「各位請自由行動。」瑪那說。

聽到這句話，高哲生臉上露出擔憂的神色。

2

被自由釋放後，所有人陸續走下樓。

走下樓的時候，我又注意到樓梯平臺的那顆水晶柱。因為很小，所以沒人注意到。

到底是誰放在這裡的？

我不禁想起劉東尼昨晚站在蓮花池邊時，凝視水晶柱的模樣。

走到底層，我望了望手錶，時間是上午十一點。

「大家早上都沒吃什麼東西，現在請各自回去休息。」瑪那說，「房女士，麻煩您去準備一些簡單的點心，待會再請大家下來吃。」

「我能去幫忙嗎？」吉亞忽然問。

「當然。」房女士連忙說。

房女士和吉亞走向廚房。

「我想去看看李小姐的兒子。」瑪那說，然後轉頭向高哲生。「能請您陪我一起去嗎？」

高哲生愣了愣。「當然。」

我跟著他們上了男宿舍。

來到李麥克的房門外，我發現他的房門居然是虛掩的，嚇了一跳。瑪那和高哲生對視一眼，顯然大吃一驚。

但隨即，房內傳來一陣輕微的鼾聲。高哲生輕輕推開房門，我跟著他們走進去，看見李麥克正睡在床上，鼻息明顯，心口微微起伏，顯然睡得很熟。

高哲生和瑪那一臉如釋重負的樣子，交換安心的眼神。

高哲生在房內繞了一圈，似乎是在確定有沒有異常。兩人正要走出房間，李麥克忽然驚醒。

「你們在這裡幹嘛？」李麥克滿臉警惕，「我媽媽呢？」

高哲生和瑪那對視一眼，都有些手足無措。

「叫我媽媽來，叫我媽媽來。」李麥克的聲音逐漸變高，「我不要待在這裡！」

「麥克，你先冷靜。」高哲生連忙說。

李麥克開始捶打床面。「我不要在這個鬼地方，叫我媽媽來，我要她帶我離開！」

瑪那趕緊上前低聲安撫，但李麥克充耳不聞，情緒越來越激動。

「怎麼了？」

門口傳來一個聲音，我轉頭一望，是劉東尼走進來。

他皺眉看著李麥克，忽然說：「你們都退開，我來和他說。」

兩人都有些疑惑地看著他。劉東尼湊近李麥克，對他附耳說話。

我連忙貼上他們。

我聽見劉東尼悄聲說：「只要你答應安靜下來，待會我就會給你網絡，和你想要的所有設備。」

李麥克聽後一愣。

我也呆住了。劉東尼這是什麼意思？這座島上明明沒有網絡信號。

「真的嗎？」李麥克問。

劉東尼點點頭。李麥克的雙眼立刻迸出狂喜的光芒，不但瞬間安靜下來，嘴角還露出一絲笑意。

劉東尼轉過身，對他們得意地挑挑眉，離開了房間。

高哲生和瑪那沒聽見他的話，都滿臉驚訝。轉向李麥克，他卻正眼不看他們，把臉埋進枕頭裡。

兩人走出房間時，我聽見高哲生順手按下喇叭鎖，然後帶上了房門。

「我先下樓。」瑪那說，「你可以回樓上休息一下。」

「好。」

我決定跟著高哲生走上樓。

但不是去二樓，而是三樓。

我走出三樓樓梯口，逕自來到302的房門前。房門緊閉。

剛才他說的話，肯定是為了哄騙李麥克這個小孩。

但想起女宿舍樓梯的那顆水晶柱，我始終覺得劉東尼脫不了嫌疑，所以決定守在他的門口。

大概十分鐘後，我聽見樓梯口傳來微響，走到門邊一看，居然看見陳博士。

他正彎腰看著什麼。

居然又是一個透明水晶柱！

定睛一看，和剛才看到那個並不像，這個水晶柱的形狀較扁較塌，更像是水晶塔。我剛才經過時並沒有注意到，如果不是陳博士彎腰注視，我一定不會發現。

這顆水晶又是誰放在這裡的呢？

陳博士站直身體，臉色不曉得為什麼十分彷徨慌張。

「你在這裡幹什麼？」

劉東尼不知道什麼時候站在我背後，壓低聲音對陳博士說，然後揮手要他跟上。

陳博士一臉惶恐地跟著劉東尼進了他的房間。

我連忙跟進去。

「我剛剛不是叫你立刻來我房間嗎？你怎麼拖得那麼遲？」劉東尼不客氣地詰問。

陳博士低著頭。「你、你叫我來有什麼事？」

劉東尼把一個黑色小行李袋交給他。「把這東西處理掉，別讓別人發現。」

「這是什麼？」

「你不需要知道。如果不想被別人知道你們的秘密，就照我的話做。」

陳博士吃驚地瞪圓雙眼，彷彿呆掉似地看著劉東尼。

「少裝成道貌岸然的樣子。」劉東尼冷笑，「你可以走了。」

陳博士抱著那個行李袋轉身出房，剛剛劉東尼的那番話，似乎使他受了嚴重刺激，他看上去心煩意亂，在走廊上來回踱步，似乎打不定注意，最後才跌跌撞撞來到樓梯口，跌坐在那顆水晶柱旁。

我不禁吃驚。他居然慌亂成這個樣子。劉東尼口中的秘密到底是什麼？

和李多娜的死有關嗎？

那個行李袋裡又是什麼？

他一步步下了樓梯，回到二樓，似乎怕撞見其他人，不停左右張望，進了自己的房間。

我跟著他走進去。他的房間格局和李多娜母子的無異。

陳博士打開衣櫃，把行李袋塞進去，又關上。

接著，他頹然坐在床上，雙手掩面。

老實說，我之前一直沒有懷疑他。但看他現在這個樣子，不禁開始疑慮起來：他作證目睹吉亞從男宿舍三樓下來的事，真的可信嗎？

就在這時，窗外響起了銅鑼聲。

我看了一下錶，是十一點四十五分，瑪那請大家下樓用餐。

陳博士跳了起來，慌慌張張走出門。

我跟著出去，發現住在２０３的高哲生也剛好走出房門。

「鑼響了，一起下去吧。」

不知道為什麼，陳博士看見高哲生，臉上露出遇見救命稻草的表情。

兩人一起走下樓。

「剛剛沒見你鎖門。」高哲生問，「你門鎖好了吧？」

「什麼？」陳博士顯然心不在焉，半晌才反應過來，「啊，門鎖好像有點問題，鎖不上。」

「讓房女士給你換個房吧。」

「不、不用了。」陳博士連忙說，「房裡沒什麼貴重東西。」

走到一樓的樓梯時，我突然發現，深沉的銅鑼聲裡，似乎夾雜著一個微弱的叫聲。

我還沒反應過來，高哲生已經一個箭步衝到李麥克的房門外，大力扭動喇叭鎖。

門紋思不動。我想起門正好是剛才高哲生順手反鎖的。

我和陳博士這時也已經靠在門的旁邊，在鑼聲的間隔，傳來麥克似有若無的微弱叫聲。

「開……門。」

「麥克？麥克！」

就在這時，我們聽得很清楚的一聲「唰」，門內的插銷被鎖上了。

「救命……救……」我聽見微弱的聲音從門邊傳來，有人以不太重的力道拍擊門板，「開門——」

高哲生開始撞門。

撞了兩分鐘後，門被撞開了。

麥克就躺在門後的地上，一動不動，兩隻手渾身是血。

原本放在床邊的鏡子現在跌落在床上，鏡面碎片撒了一床，白色床單上都是血。地上也有零零碎碎的鏡子碎片，組合成凌亂的形狀。門的插銷也被撞得飛落，掉在這些散亂的碎鏡片之中。但插銷表面並沒有血跡。

血滴從床上一路灑到門前，連門板上都沾著血跡和手印。

「天啊。」高哲生喃喃自語，上前去探了探對方的鼻息。「死了。」他的聲音難掩震驚。「去叫其他人過來。」

「什、什麼？」陳博士聲音發抖，「不、我去不了。」

我轉過頭，看見陳博士整張臉全無血色。

就在這時，劉東尼忽然出現在門口，看見這一幕，露出吃驚的神色。

「我去叫其他人過來。」他立刻說。

他離開後，我再度去觀察了一下門板上的血跡和手印，從形狀來看，應該屬於李麥克。視線往下移，喇叭鎖門把上卻是乾淨的，好像被人擦過指紋一樣。我又走到窗邊，注意到窗是上鎖的。

高哲生也在房內踱來踱去，觀察門窗，然後打開了床頭下的抽屜、小衣櫃和角落的行李箱。我連忙走過去望，行李箱內都是整整齊齊的衣服，什麼都沒有。

過了沒多久，瑪那、吉亞和房女士上來了。

「怎麼回事?」房女士帶著哭腔問。

高哲生把剛才的事情說了一遍。

「到底發生了什麼?這孩子、難道這孩子知道媽媽死了,所以也自殺嗎?」房女士哭問。

「有誰告訴他李多娜死了?」高哲生問。

他的目光從所有人臉上一一划過,所有人都搖了搖頭。

「劉先生呢?」他問。

我這才和眾人一起發現劉東尼不在房內。剛才太震驚的關係,我居然忘了自己應該跟著他。

「我去找他吧。」房女士說。

我跟著房女士上了三樓,來到劉東尼房門前敲了敲,無人回應,打開門,發現裡面空無一人。

房女士又走下樓,在大廳繞了一圈,她於是到男廁外試圖叫喚。我則從東側門走出去,發現劉東尼居然蹲在池塘邊,撫弄著那些水晶。

「劉先生,原來你在這裡。」房女士走出來,一臉驚訝,「所有人都在找你,你怎麼在這裡看水晶？」
劉東尼臉上閃過一絲狼狽，他很快站起來，臉色隨即恢復如常。
「你感受不到嗎？」他問。
「感受什麼？」
「水晶的力量，可以讓人放鬆下來。」
見房女士一臉狐疑，他皺起眉頭。「我們上去吧。」

3

十分鐘後，所有人神色沉重地聚集在冥想大廳裡。

「各位，李多娜死的時候，所有人都覺得是自殺，現在，難道麥克也是自殺嗎？」他問。

「還有其他可能性嗎？」劉東尼詫異地問。

「您覺得他自殺的理由是？」

「我不知道。不過，從一來到這裡開始，這孩子看起來就很狂躁，他昨晚在大廳失控的情形，大家有目共睹，不用我多說。再來，說不定這孩子知道了他媽媽已經去世。」劉東尼說。

「我已經問過大家，沒有人告訴他李多娜死了。」高哲生說。

「就算曾經有人告訴他，現在看到這孩子死了，有誰還敢承認呢？」

「那麼，是你嗎？」高哲生反問。「剛剛在房裡，你和麥克說什麼悄悄話？」

「當然不是我，我只是隨便說了幾句話來哄騙他安靜下來，我是在幫忙你們。」劉東尼說，「如果我告訴他母親的死訊，他還會笑嘻嘻嗎？話說回頭，我離開之後，你們到底和他說了什麼？」

「什麼也沒說，他不肯和我們說話。」瑪那說。

「那很可能這孩子悄悄聽到了誰說話。」劉東尼說，「又或者，他在你們離開後，去了李多娜的房間，發現自己的媽媽死了，所以自殺。你們並沒有鎖上李多娜的房間，對嘛？」

「因為那門已經被撞壞了，鎖不上。」瑪那說，「但我們鎖了樓梯門。」

高哲生說：「即使樓道門沒鎖，那孩子真的發現媽媽死了，反應應該會歇斯底里，而不是靜悄悄地回房自殺吧？」

「我並不清楚小孩的心理。」劉東尼聳了聳肩。「所以你認為，這孩子不是自殺，而是被人殺死的？」

「沒錯。」

劉東尼嘆了口氣。

「這孩子的死有很大的疑點。而且這次，不止我一個人親耳聽到。陳博士，你也聽到吧？」

「你是說——」陳博士說。

「有人從裡面上鎖了插銷。」

「對，我聽到了！」陳博士說。

「我當時很靠近房門，所以聽得很清楚，李麥克喊救命之後，插銷被鎖上了，接著，他又喊了開門，還拍了門板。」高哲生說，「你們看，門板上都是血跡。」

「但我不明白，為什麼那孩子要一面叫我們救命，一面又把插銷鎖上呢？」陳博士茫然問。

「不是那孩子鎖的。」高哲生低聲說。「一個人怎麼可能一邊喊救命和開門，一邊鎖插銷？更何況，飛落在地上的插銷並沒有血跡。」

所有人望住他。陳博士一臉疑惑。「你的意思是——」

「那孩子的致命傷是手腕，兩隻手都鮮血淋漓，大家可以看到，血從床上一路灑到門前。加上從我們聽到的聲音判斷，那孩子剛才就站在門邊。但插銷卻沒有血跡。不但如此，喇叭鎖的門把上也沒有。」

「那他為什麼不拉開插銷？」

「只有一個可能。」高哲生說，眼神往所有人臉上一一航巡，「當時還有人站在門口。」

「也就是說，」吉亞驚奇的聲音響起，「剛才有人在這孩子的房間內？」

「對，那人就站在門口，不但制止麥克開門，還當著孩子的面把插銷上鎖。」高哲生說，「這就是為什麼我們會聽到插銷上鎖的聲音。」

所有人都震驚了。

「問題就是，剛才我們一起進去時，兇手並不在吧？」

「是的。」高哲生說，臉上現出一絲頹然。

沒錯，雖然所有人都看不見我，但這點我可以作證。打開門的剎那，並沒有看見人。房間很小，格局一目瞭然，連較大的衣櫃和廁所都沒有，並沒有任何可以隱藏的地方。而且，高哲生當場就打開床頭櫃的抽屜、小衣櫃和行李箱，裡面別說人，連一隻小狗都沒有。

「難道兇手從窗口爬出去了嗎？」劉東尼說，「我記得剛才進來的時候，你有接近窗口，那時候窗戶是上鎖的嗎？」

「是的，剛進來的時候我就查清楚了，窗戶是從內側上鎖的。」

「那如果兇手從窗口爬出去，要如何上鎖呢？」劉東尼問，「如果你堅持說有兇手，那我只能想出一個可能性，就是原來窗戶是沒有上鎖的，但第一個靠近窗口的你偷偷把它鎖上了。」

真是個老狐狸。我替高哲生急出一身冷汗。

「不，我沒有那麼做。」高哲生連忙說。

「我可以替高先生作證。」陳博士說，「我當時就站在他旁邊，他並沒有觸碰到窗戶。」

「如果是這樣，那高先生應該主張麥克是自殺的，而不是應該堅持有兇手。」瑪那說。

「對啊。」房女士說。

吉亞不置一詞。

「既然如此，不就證實了，不存在什麼兇手嗎？」劉東尼問。

「我想，也許兇手用了什麼方法，從房間裡逃了出去。」高哲生說。「至於是什麼方法，我暫時想不到。」

老實說，我同意高哲生的說法。

這個房間同樣兩個出入口，一個是門，一個是窗。兇手要離開，只能經由這兩處。但門口，包括我在內，還有那兩個男人。兇手絕對不可能蒙蔽六雙眼睛[8]離開。

唯有的可能性是窗口。但我甚至在高哲生之前，就親眼看見窗戶是鎖著的。兇手究竟如何離開呢？

除非……

「難道這房間有密道？」陳博士忽然問。大家搬開床，地面是非常普通的水泥地，連瓷磚都沒有，更別說密道了。

「夠了。」劉東尼嘆了一口氣，「我早已經說過，李小姐的死是自殺，她兒子的死是意外，根本沒有什麼兇手。」

「為什麼您一直堅持沒有兇手？」

「因為沒有證據。而且，非要說的話，你和瑪那的嫌疑不是最大嗎？畢竟你們倆是最後見到他的人。誰知道那時你們在房裡做了什麼手腳呢？」

「別爭了。」吉亞小聲說，「既然如此，就按照慣例，大家來交代離開女宿舍後的行蹤吧。」

高哲生點點頭。「我和瑪那老師去探望麥克後，我回到自己房間，一直到鑼聲響起。我走出門口，看見陳博士也在走廊上，就一起結伴走下樓。對吧，陳博士？」

「是的。」陳博士有點結巴，「我離開女宿舍後，就去上了廁所，然後回到自己的房間。和高先生一樣，聽到鑼聲才出門。」

陳博士說完後，我注意到他的頸項立刻浮起一塊紅斑。我幾乎尖叫出來。我抓到規律了，原來他每次說謊後，皮膚就會出現生理反應。

「我和房女士一直在廚房裡。」吉亞說，房女士點點頭。

「我離開麥克的房間後，就下樓去廚房和吉亞、房女士會合。因為吉亞小姐說想看敲鑼的樣子，所以我們三個人一起去銅鑼邊敲鑼，請大家下來。」

「我可以證實這點。」高哲生說，「我當時從房間窗口看見你們三人。」

「我和陳博士一樣。」最後，劉東尼說，「離開女宿舍後，在樓下上了廁所就回到房間，一直聽到鑼聲才下樓。」

8 編註：此處應為六隻眼睛。為保留參賽作品原貌，原文不作修改。

我站在一旁聽著所有人的話，證實除了陳博士和劉東尼之外，所有人說的都是真話。

但陳博士雖然撒謊，他的行蹤我非常清楚，絕對和麥克的死無關。嫌疑最大的人，只有劉東尼。

首先，他剛才在房裡對李麥克說的話，到底真的只是誆騙小孩，還是另有深意？

第二，剛才他到底為什麼要背著眾人，一個人在蓮花池前把玩水晶？散落在宿舍裡的水晶，又是不是他放的？

第三，他當天到底要給李多娜什麼東西？

第四，他交給陳博士的到底是什麼東西？

高哲生聽完所有人的說法後，轉向劉東尼。

「對不起，劉先生。如果你不介意，我還是希望你讓我們檢查你的房間。」

劉東尼瞪起雙眼。「你到底有什麼資格這麼做？」

「有兩個人已經死了。」

「所以你就可以名正言順侵犯我的隱私？」劉東尼問，「除非你找出什麼明確的證據，證實那兩人的死和我有關，否則立刻從我面前消失。」

高哲生沒有動搖。

「我本來不想說的，畢竟是你的隱私。」高哲生說，「但劉先生，你和李多娜，不是今天才認識的吧？」

我吃了一驚。為什麼高哲生會知道這件事？

劉東尼臉上戲謔的神情消失了。他望著高哲生。

「雖然您沒有用原來的名字，為人也異常低調，但同在智能醫療產業工作，我不可能不知道您。」

劉東尼靜默半晌，終於說，「沒錯，李多娜曾經是我的合夥人，也是前戀人。」

我心裡不由得一陣興奮。他終於承認了。

「我不讓你們檢查我的東西，確實是因為和她有關。我們決裂是因為李多娜出軌。我事先知道她要來這裡，所以把她曾經送我的禮物帶來還她。這不是什麼光彩的過去，所以我不想讓人知道。」

沒有人接話。

所有人臉上表情都異常尷尬。老實人陳博士似乎更羞得恨不得鑽地。

「也罷，既然都已經說出來了，你們要檢查就檢查吧。」

大家一起上到三樓劉東尼的房間。

他當著所有人的面打開行李箱，然後掏出一件油布包著的東西，解開。

「這是什麼？」高哲生一臉驚訝。

所有人都目瞪口呆。

我定睛一看，油布裡是一本泛黃的書。

「一本古佛經。我們剛在一起時，她從拍賣會拍來送我的。我本來打算還給她。」

「有趣。」一直沉默不語的吉亞忽然說。「我是第一次見到這種古董。」

「我小時候見過。」高哲生說。

劉東尼聳聳肩，對吉亞說：「你喜歡的話，留著。」

吉亞忽然沉下臉，轉身走開。

「東西都在這裡，你們可以隨意檢查。」

高哲生一陣猶豫後，還是做了個抱歉的手勢，檢查起劉東尼的東西。

十分鐘過去後，他一無所獲，一臉失望。

他被騙了。劉東尼早就把行李袋轉移給陳博士。

我也十分困惑。

固然，當天聽到劉李兩人吵架時，他說「我欠你的，原樣奉還」。但真的只是這本佛經嗎？

是不是還包括了他交給陳博士的袋子？

那行李袋裡究竟裝著什麼？

我忽然有個直覺，覺得一定和這兩起命案有關。

不是兇器，畢竟兇器都在現場。

一個念頭如流星從我腦海晃過——行李袋裡的東西，一定是構成密室的關鍵！

一定是這樣！

「很抱歉，冒犯了您。」什麼線索都找不出後，高哲生對劉東尼道歉。

「現在我自由了嗎？」劉東尼笑問。

高哲生有點牽強地笑了笑。

「我有個建議。」瑪那說。「雖然已經證實大家都是清白的，但為了保障大家的安全，希望大家在救援來之前，都集結在大廳休息，行李也順便搬下來，直接在大廳等待救援。」

沒有人反對。

我望了望手錶，現在是四點鐘，距離救援來只有大約兩個小時。

接著，所有人上樓收拾自己的行李，再紛紛把它們搬到樓下來。

為了弄懂行李袋裡的究竟是什麼，我決定跟著陳博士。

他從房間走出來後，站在走廊上，明顯忐忑不安。

此時，高哲生也從房間走出來，看見站立躊躇的陳博士。「怎麼，忘了東西嗎？」

「啊呃。」陳博士含糊應著。

「那我先下去了。」

高哲生提著行李走向樓梯間，忽然又折返。

「能幫我一件事嗎？」他壓低聲音問。

「什麼事？」

「劉東尼對你似乎沒有防備心。等一下大家把行李都堆在大廳，如果你有機會幫我注意他的行李有沒有異常。」

陳博士一臉愕怔。高哲生拍拍他的肩膀，走向樓梯處。

陳博士跟上他，他的腳步很緩慢。

走下一樓後，陳博士低頭轉了進去，不知不覺來到通向三個房間的走廊。其他兩個房間的房門大概是被瑪那關上了。只有李麥克的房門虛掩。

陳博士忽然咬著牙，迅速推開房門，然後轉身把房門推得只剩一條縫，我根本來不及進入，也無法推開門，只能用眼睛從縫隙往內窺伺。我看見陳博士蹲下身，應該是拉開床頭下的抽屜，把東西塞進去。

接著，他快步走出房門，低頭走回樓梯間，又忽然停下腳步，臉色躊躇不定。

「咦，你怎麼還沒下來？」

高哲生從底層探出頭。「有東西給你。」

陳博士連忙提著行李走向高哲生。

走到底層，我發現房女士正在打開樓梯兩旁的儲藏室，搬出一些卷起的瑜伽墊和枕頭，讓大家在大廳可以休息。高哲生在旁邊搭把手，把一卷瑜伽墊傳給陳博士。

「謝謝。」陳博士連忙說。

他背著行囊，抱著那卷瑜伽墊來到大廳。我跟在他身後，看見原本空曠的大廳現在堆滿行李。

看著他的背影，我不禁想起他一說謊脖子就會起紅斑的事。

4

六點半，太陽已經落下，船和直升機都沒有出現。

大家的表情變得有些僵硬。

屋內各角落被點起煤油燈。房女士到廚房端來一些水果蜜棗，讓一整天幾乎沒東西下肚的眾人充飢。

九點鐘，主辦方依然毫無蹤影。每個人臉上的焦慮與擔憂也越來越重。

熬到十二點。劉東尼忍不住開始來回踱步。

「一整天過去了，為什麼到現在都沒人過來？」

所有人都沉默不語，眼神投向瑪那。

「我也不清楚。」她搖搖頭。「各位如果累的話，請安心休息，我會負責守夜，一有人到，我會馬上叫醒大家。」

劉東尼哼了一聲。

熬到兩點鐘，經過一整天的驚嚇與疲乏，陳博士第一個沉沉睡去。接著，剩下的人也一個個撐不住了。

所有人都睡著後，瑪那依然盤腿坐著，合上雙眼。

她不打算睡覺。

我坐在大廳角落，望著這些睡得橫七豎八的人們，心裡為他們擔憂起來。

這一整天發生的事，實在太詭異了。

連接兩個人死去，救援沒有如期出現。這些人心裡，一定是驚恐交集吧。

但我對他們愛莫能助。畢竟，發生在我身上的事更加離奇。

我始終沒弄懂我到底是怎麼會出現在這裡。

不過，和昨天相比，我隱隱察覺到，我和這裡發生的事，可能有某種程度的連結。

比如，我從吉亞身上看到妻子的影子。

比如，我從李多娜的死這件事，回憶起妻子的死。

她們倆，都是用刀刺入心臟而死的。

那時候，她的腿部肌肉已經完全失去力量，只能坐在輪椅上。但她依然每天笑吟吟地，好像生活一切如常。

我一直鼓勵她，告訴她，現代的科技這麼發達。我每天和世界各國的醫學專家通信，詢問各種新型的醫療方式和藥物。我甚至上網尋找各種科技創造奇跡的證據讓她過目。

「看，癱瘓了十六年的人，現在可以靠 3D 外骨骼站起來。」

「真的，所以我未來會變成變形金剛嗎？」妻子微笑。

有時候，妻子也會主動拿病情開玩笑，「以後我全身都不能動了，你會給我裝一個像霍金那樣的輪椅和電腦嗎？」

「會，到時你可以選擇你喜歡的人工智能發音。」

她立刻問兒子。「媽媽選擇男聲的話，你覺得如何？」

「和褲子一樣啊。」兒子一邊玩著積木一邊說。

「什麼叫和褲子一樣？」

「媽媽不是讓我隨便選喜歡穿的褲子嗎？長褲也可以，短褲也可以。因為媽媽都讓我選喜歡的，所以我也讓媽媽選自己喜歡的。」

說笑之間，我們當然避而不談這個疾病的真相，即使大家都瞭然於心。妻子不能站起來，根本不是骨骼的問題。

有一次深夜，她幽幽地說：「我根本不害怕死。」

「我知道，你是個勇敢的女孩。但你不會死的。」

她自顧自地說：「我只是害怕不能控制死，卻要目睹它。」

她的手還能動，我告訴她，我們還有時間。

她點點頭。「還有時間。」

沒多久，她就用還能動的手刺穿自己的心臟。

如果不是因為我是個科技狂，在家裡天羅地網地布滿了所有科技產品，讓駭客有機可乘，妻子並不會做出這樣的選擇。

在調閱屋裡的監控器得知真相後，我當初昏厥。醒來之後，我得了嚴重的憂鬱症，生活完全沒有辦法處理，最後被友人送入一個私人療養院。

出院之後，我宣布退出創作圈。

我甚至不敢告訴任何人，連自己的兒子也不例外。

我決意讓所有的數位科技產品從生活中消失，包括網絡。

「帶你去一個清靜的小島，我們就住在那裡，好不好？」

兒子沒有說什麼。打包行李的那個晚上，因為沒有妻子在身邊，我覺得整個空間變得極其難以忍受。我焦躁地在屋子裡走來走去，猛然一瞥眼，看見兒子獨自坐在書房裡，雙眼注視著什麼，神情有些特異。

我擔心地走過去。「你在看什麼？」

他舉起一張磁碟片，那是我童年時代用來儲存作品的，妻子捨不得丟，都幫我收好在一個盒子裡。我瞬時心如刀割。

「是玩具嗎？」兒子問。

「不重要的東西，你拿去玩吧。」

我正要走出去，兒子叫住我。

「爸爸。」

我回頭，兒子的眼神清澈如水。

「你不想寫故事了嗎？」

我搖搖頭。

「為什麼？」

「我討厭這個時代。我不會再寫那些和數位相關的小說。」

兒子懵然看著我。他聽不懂我說的話。

「爸爸。」

「嗯？」

「你再寫作吧。」兒子說，「你說過，我十二歲後就可以看你寫的故事。」

因為我寫的都是些殺人故事，所以妻子不想兒子過度接觸。

「殺人的人，最終都應該得到懲罰哦。」妻子再三強調。

想起這幕，我露出一絲苦笑，摸了摸孩子的頭，離開書房。

對不起，孩子，我不會再寫作了。

殺人的人，最終都應該得到懲罰。

這是我害死你媽媽所得到的懲罰。

那天之後，我帶著兒子飛到一個南太平洋的小島，在那裡度過了三年。

兒子獨自留在那個孤島上，他現在怎樣了呢？

那個與看起來年紀和他一樣的麥克去世時，我巴不得能立刻飛回兒子身邊，卻身不由己。

我到底要被困在這裡到什麼時候？

小R盯著眼前的智能鏡子。

鏡子映照出年輕女孩樸素的臉孔。鏡下散亂堆疊著瓶瓶罐罐的化妝與保養用品。

「Coccon，告訴我，要怎麼化一個適合去法式餐廳的妝？」

「這是根據你的臉型、膚質、五官設計出的最適合去法式餐廳的彩妝。」

鏡子中映照出一張上完妝的臉，看起來神采飛揚，魅力十足。

小R大喜，立刻依照設計，在臉上的同樣區域塗抹上相同的彩妝。

「Coccon，告訴我，要怎麼選擇最適合去法式餐廳的穿搭？」

「這是根據你的外形搭配出最適合去法式餐廳的穿搭。」

小R喜滋滋地按照鏡子的搭配，從衣櫃中挑選衣物換上。

化好妝，換完衣服的小R看上去非常迷人。

她快樂地在鏡子前旋轉。

忽然之間，她想到可以和鏡子開一個玩笑。

「Coccon[9]，告訴我，怎樣才是最好的自殺方式？」

——節選自周云生作品《數據繭》

9 編註：此處應為Cocoon。為保留參賽作品原貌，原文不作修改。

Chapter

3

1

因為前一天的焦心苦候，所有人幾乎一夜無眠，直到將近天亮才各自沉沉睡去。

我一直盤腿坐著，守護著大家。

瑪那是第一個醒來的，大概四點鐘就醒了。一醒來，她就先環顧四周，似乎是在確認所有人都安全無虞。接著，她輕輕走出大廳，面向大海的方向，盤腿坐下。

黑暗中，海的聲音無處不在，她的胸口隨著海聲以舒緩自然的節奏起伏。她的身體被黑色包裹，形成另一種層次的黑色剪影。我忽然被一種莫名的情緒觸動了。她的存在是那麼融合於這片天地與海聲。

而包含我在內的大多數人，卻總是目光焦慮，腳步匆促。永遠像食蟻獸般伸出尖嘴，在各種縫隙中探測獵物。我們同樣把大自然視為獵物，從中竭取所需。甚至連自己的心智與身體，都只是被視為工具。

高哲生是第二個醒來的，這時已經是六點多了。他醒來後，同樣打量了眾人一輪，很快地，顯然發現瑪那不在，他站了起來，很快就從大門望見她的位置。

天已經微微亮了。他輕輕踱了出去，走到她身旁約莫一公尺的地方，停下腳步。

數秒之後，她緩緩睜開眼睛，把頭微微轉向他。

「早。」四目相投那刻，他似乎有些侷促，輕聲說，「船沒來。」

「是的。」

「真不知道出了什麼差錯。」他嘀咕著也學她盤腿坐下，「現在幾點了？」

「六點五十分。」她說，「是我沒把大家照顧好，真的很抱歉。」

「不，我不是在怪罪你。」高哲生連忙說，「現在，我們都在一條船上。只是這條船，不動。」

瑪那沒有說什麼。

從背後看來，兩人身高幾乎一致，身形也都緊緻美好，感覺非常匹配。

「瑪那小姐——」

「叫我瑪那就好。」

「瑪那。」他的語氣有些赧然，「你確定主辦方告訴過你，只要每天傍晚六點前聯繫不上，他們就會直接派人過來？」

「是的。」

高哲生低頭不語。

瑪那側過頭。「你在想什麼？」

「我懷疑那個人。」高哲生悄聲說。

瑪那看著他。油燈下，她的神情一如既往地沉靜，只有油燈在臉上微微跳躍，映照雙眼的疑惑。

她輕輕向他移近。他也朝她挪去一點。

「劉東尼。」高哲生小聲說，「那麼大的行李袋裡，怎麼可能只裝了一本書？第一次見面時，大家提行李上樓，當時我就跟在他身後，那時候，那個行李袋明顯很重。」

「你覺得他偷藏著什麼不可告人的東西嗎？」

「我覺得是衛星電話。」

瑪那一怔。「為什麼？」

「你說過，主辦方承諾會定時與你聯繫，一旦聯繫不上，就會立刻派人過來，最慢也會在半個小時內抵達。但從昨晚六點到現在，已經大約十二個小時，居然沒人過來。除非是主辦方想害死我們，不然只有一個可能性。」

「你覺得劉東尼的袋子裡藏的是衛星電話？」

「沒錯。而且，裡面可能還藏有變聲器之類的東西，使他模仿你的聲音和主辦方報平安。也只有這樣，才能解釋為什麼主辦方即使失聯也沒派人來。因為他們以為沒失聯。」

「他為什麼要這麼做？」

高哲生往屋內望了望，我也不禁跟隨他的視線回頭。屋內黑漆漆的沒有任何動靜。

他把聲音壓得更低。「因為他是害死李多娜母子的兇手。」

「高先生——」

「哲生。」

「哲生，你沒有證據。更何況，動機呢？」

「誠如他昨天隱瞞的，他和李多娜曾經是戀人，他還指控對方出軌。」
「為了這種事？」
「除此之外，他們還曾經一起創業，推出一款智能音箱。決裂之後，劉東尼退股，另外開創一家醫療器材公司。而李多娜的事業版圖也迅速擴大，涉及醫療器材產業。」
聽到「智能音箱」這四個字，我忽然一呆。
高哲生繼續說：「前陣子，我聽聞李多娜的公司有意收購劉東尼的公司。」
「原來如此。」
「我以為你知道。」高哲生一臉意外，「你是這個科技排毒課程的負責人。」
「我只是一個冥想老師，負責帶領大家以冥想進行科技排毒，不需要負責其他行政性的工作。客戶可以選擇化名來參加。他們的真實身分對我不重要。」
「所以你對其他人的身分來歷也一無所知？」高哲生微微失望。
「是的，真抱歉。」瑪那說。
高哲生擺擺手。兩人暫時無語地一同望向前方。
我希望高哲生能繼續智能音箱的話題，但他沒有再提起。

天色逐漸亮了。

藍色的海出現在遠處。

高哲生再度開口。「如果我的猜想是對的話，劉東尼可能正在拖延時間，找機會銷毀一些對他不利的證據，等處理乾淨才讓救援來。」

「那我們應該怎麼做？」

「我想去把他藏起來的衛星電話找出來。」高哲生說，「你能幫我一個忙嗎？」

「什麼？」

「監視著劉東尼。不管他是想銷毀證據，還是有其他圖謀，一定會有所動作。」

「為什麼是我？」瑪那問，「我的意思是，為什麼相信我？」

「至少到目前為止，我找不到你的可疑之處。但陳博士和吉亞兩人，我沒辦法確定他們有沒有說真話，因為他們昨天的神態很不自然，我不知道他們葫蘆裡賣什麼藥。又或者，他們其實和劉東尼勾結。而且——」他頓了頓，語氣忽然有點羞澀，「我覺得你——怎麼說呢，有股不可思議的感覺，和你待在一起，會覺得心情很平靜，我覺得，這種人不會是兇手。」

我同意高哲生的說法。瑪那身上確實有一種奇特的平靜感。而這種平靜潛藏著一股力量。

瑪那沉默半晌。「那你呢？」

「我什麼？」

「你有沒有可能是兇手？」

高哲生愣了愣。「怎麼可能？」他立刻說，但隨即苦笑，「你懷疑我嗎？」

「我並不懷疑任何人，但也不輕信任何人。」瑪那表情淡漠。「很抱歉，我不能幫你。」

高哲生似乎沒料到會被拒絕。「為什麼？」

「你們所有人在內，都是我的學員。雖然現在島上發生了命案，但不能改變這個事實。現在沒有證據指向劉先生就是兇手，你也不是警方，所以我不能配合你的行為，做出不尊重其他學員的行為。」

「是我的疏忽，沒考慮到你的立場。」

瑪那輕輕搖頭。「雖然我不能幫你，不過請放心，我不會把你的計畫透露出去的。」

「謝謝你。」高哲生微微一笑。

「你打算去哪裡找？」

「你覺得他最可能把東西藏在哪裡？」

瑪那沉思幾秒。「可能是一般人不會去的地方？」

高哲生點點頭。「你說得對。」

「你們起得真早啊。」一個聲音從背後響起。

我轉過頭，看見劉東尼站在門口，嘴角露出嘲諷的微笑。

高哲生站了起來，瑪那依然盤腿坐在地上。

「看來救援還沒來。」劉東尼說，「到底出了什麼狀況呢？」

「我也不清楚。」瑪那說，「我去準備咖啡。」

「不用了，還是等房女士起來吧。現在也毫無食慾。」

三人隨意聊了幾句話，一起走進屋裡。

大概十點鐘，房女士從睡夢驚醒。等她弄懂救援還沒來之後，眼神立刻被焦慮不安淹沒。怔怔出了一會兒神後，她忽然喊了一聲糟糕，就匆匆趕去廚房。

十二點鐘，剩下的三人陸續醒來。幾乎所有人醒來的第一反應就是「救援來了嗎？」，一發現還沒有，就顯得焦慮不安。

沒一會兒，房女士拎了一托盤食物走進來。是分裝好的馬鈴薯燉湯，蔬菜沙拉。放下後，她又走出中門，隨即立刻端了一大盤水果和咖啡壺進來。

「我來幫忙。」高哲生跑過來。「那麼多東西，你一個人怎麼拿得過來。」高哲生走過來。

「沒問題，我用了餐車。」

「我們可以去餐廳啊。」

「算了，你看大家的樣子。」房女士的眼神在大家臉上一一掃過，「還是不用讓大家跑來跑去，在這裡安心等待就好。」

「您真體貼。」高哲生說，「你自己也很不安吧？」

房女士沒說什麼，眼底的焦慮又出現了。

「別擔心，他們遲早會派人來的。」高哲生拍拍她的肩膀。

我在這刻發現，高哲生是個很體貼的人。

「謝謝你……」房女士顯然很感激，「你今年幾歲啦？」

「二十五。」

「和我表外甥一樣。」房女士小聲說。

但高哲生好像沒聽見這句話。他給自己倒了一杯咖啡。

隨意用完餐的大家看起來依然精神萎靡，陳博士以及劉東尼都紛紛去取了咖啡。

吉亞吃完水果，也去倒了一杯。「咦，咖啡沒有了？」

「很抱歉，剛剛推食物過來時，失手打破了另一個咖啡壺。」房女士說，「所以咖啡只有平常的一半。」

吉亞「喔」了一聲，端著咖啡回座，雙手捧著杯底，彷彿很珍惜似地一口一口慢慢呷著。

瑪那獨自坐在角落，非常專注地吃著東西。高哲生往她那裡望了望，躊躇數秒，繞到她面前，放下手上的咖啡。

她抬起頭。

「這杯給你。」高哲生有些不好意思地說。

「謝謝。」瑪那微笑，「我不喝咖啡。」

「啊。」高哲生有些尷尬地端回咖啡，回到自己座上。

也許是食物入肚，大家恢復了一點神氣。

「這樣等下去不是辦法吧？」陳博士第一個出聲，神色焦慮，「到底為什麼已經過了那麼久，人卻還不來呢？」

「這不合常理嘛。」吉亞一邊啜著咖啡一邊說。

「什麼不合常理？」

吉亞豎起兩根手指。「不但連接死了兩個人，說好的救援還沒來。」

「不能這麼等下去吧。」陳博士喃喃，「難道沒有其他求救方式嗎？」

「這裡附近沒有其他海島，島上也沒有船可以出海，儲藏室裡只有救生圈和救生衣。」房女士說，「而且，島上沒有信號。」

「真的，也只有這種鬼地方，才適合科技排毒。」劉東尼喃喃，「要是住在自己家裡，怎麼可能會發生這種事？」

「我們到處找找看吧。說不定能發現什麼有用的工具。」陳博士說。

「要不要去儲藏室看看？」吉亞問。

一群人把儲藏室找得底翻天，果然如房女士所說，除了廁紙等日用品，只有救生衣和救生圈，完全找不到什麼可以聯絡通訊或離開小島的工具，人人臉上都有些喪氣。

「大家一起環島走一圈看看吧。」高哲生建議。

「一定要所有人一起行動嗎？」劉東尼有些不耐煩。

「為了安全起見，我還是建議大家一起行動。」瑪那說。

「我贊成！」陳博士連忙說。

劉東尼不再說話。

2

因為無人反對，所以大家結伴著走出大門，順時針環島一圈。

一開始，這六個人還以疏散的隊形走著，後來漸漸分成兩人一組。房女士和高哲生走在最前；中間是瑪那和劉東尼；最後是吉亞和陳博士。

我獨自跟在最後面。

走在夾雜著細沙的泥地上，天上是藍得耀眼的天空，四周有藍色的波光包圍著我們。我想起兒子四歲時，我和妻子一起帶他去馬布島玩，租了一間水上屋。我們躺在水上屋的木板上，我操控著無人機，讓它飛上蔚藍的天際，俯拍融在海天一色中的我們一家三口。

前面那六個人都默默無言。

「陳博士。」吉亞忽然開口。

「是。」陳博士好像嚇了一跳。

「大家都叫你陳博士，請問你的專業領域是──」

「我是研究神學的。」

吉亞「喔」了一聲。「我對神學一竅不通，也不感興趣。」

陳博士微笑起來。「你呢，你是從事哪行的？」

「我在一家新形態的娛樂創作公司當數據分析員。」吉亞說。

「新形態娛樂公司？」

「簡單來說，就是用數據去分析消費者的興趣愛好，捕捉哪種娛樂創作最符合時下人的喜好，再反映給公司知道。」

我在旁聽著，想到在過去，ＤＶＤ曾經盛行一時，直到線上串流平臺崛起。許多傳統影業公司因此一蹶不振。而手上握有三千多萬用戶觀影數據的網飛公司，卻因使用數據分析的方式，解析了用戶的觀影習慣，直接買下不被業界看好的《紙牌屋》兩季播放權。這套影集後來成為熱門影集。

「在轉讀神學之前，我是研究人工智能的。」陳博士說。

吉亞「咦」了一聲，「那你為什麼忽然改變方向？」

陳博士聽見這個問題，陷入沉思。「可能就是因為，我始終找不到人生的方向吧。」

我聽出陳博士的聲音裡充滿著迷茫與傷感，但吉亞沒什麼反應。

我跟在他們身後又默默走了一陣，吉亞的聲音再度響起。

「對一個神學博士來說，靈魂代表什麼？」

「我不懂你的意思。」

「我聽說過很多種說法。還有些宗教認為人死後會不斷投胎輪迴，肉體就如同硬碟，每次死掉，數據就會被清除，再生成一個新的硬盤，累積新的數據。另一些宗教認為人死後，雖然肉體這個硬碟消失，但所有的數據都會保存下來。」

我從來沒聽見過有人會把靈魂形容成數據。不由得想起曾經和妻子看過一部電影，叫做《21克》。在那部電影裡，人死後會失去21克的體重。照吉亞的說法，靈魂的數據就是21克。

當然，身為推理作家，我知道這些都只是無稽之談。人死後，除非是在大面積失血或失去臟器等特殊情況，否則體重不會減輕。

陳博士唯唯諾諾，似乎不曉得怎麼回答吉亞的問題，兩個人再度沉默下來。

這時，我注意到走在前面的瑪那和劉東尼在輕聲交談，便走到他們身旁。

「我一直覺得好像在哪裡看過你，現在終於想起來了。你是不是荷莉教授的學生？」劉東尼問。

「荷莉教授？」

「對，我曾經為了尋找合適的醫療器械材料去找她。你不認識？」

瑪那搖頭。

「那我認錯人了。」

「經常有人說，我長得像他們身邊的人。」瑪那說。

「也許是因為你身上有一種令人安心的氣場。」劉東尼看了她一眼，「靠近你的那刻，好像所有的雜訊都會被消除掉，有一種——怎麼說——讓人可以安心依附在上面的感覺。」

我不得不說，我很贊同劉東尼的話。

瑪那身上散發出來的磁場，宛如與自然的頻率一模一樣，讓人忍不住想像遠途飛行之後的鳥兒棲息其上，獲得片刻安寧。

忽然之間，前方響起一聲鑼聲。

我抬起頭，發現我們不知不覺已經繞了小島一圈。高哲生和房女士正站在銅鑼前方。高哲生舉著鑼棒，一連敲了七聲。

他的表情嚴肅中又帶著一絲悲傷。

鑼的餘韻在空氣中迴盪，似乎在療癒著每顆受創的心。

我注意到，瑪那隔著一段距離，靜靜注視著他。

所有人都一無所獲，重新回到東側門。

門口放著一臺機械秤，擋住了過道。剛剛出門時，大家使用的是大門，所以沒注意到。

「啊，不好意思。」房女士連忙把帶輪子的機械秤往旁推，讓大家能通過。

高哲生一個箭步。「我來幫你。」

「沒問題，有輪子，推動很方便。」

「這是什麼？我好像從來沒見過。」高哲生好奇地問。

「呵呵，當然了，這不是數位秤，而是一種少見的機械式臺秤。不需要電池、電力和網絡也可以秤東西。」房女士說，「不過，我剛才是把它當餐車使用。」

「真有趣。要怎麼操作？」

「我來示範給你看。瑪那小姐，能請你過來一下嗎？」

瑪那走過來。

「高先生想知道這個東西怎麼操作，你能站上來一下嗎？」

瑪那站了上去，其他人站在旁邊圍觀。

這個機械式臺秤的秤量是100公斤，感量是20克。

在房女士指導高哲生的時候，我看了一下瑪那的體重。

52.60公斤。

「你們還滿能苦中作樂的嘛。」劉東尼在一旁冷冷地說。

「劉先生要不要也來試一下？」房女士問。

出乎意料，劉東尼居然沒有推辭，很爽快地上了秤。

70.80公斤。

「很標準。」高哲生說。

劉東尼走下機械秤，雖然盡量克制，但還是流露出對自己很滿意的樣子。

平心而論，他的體格確實維持得很好。

「好了，餘興節目結束。」劉東尼說，「接下來，我們該怎麼辦？」

瑪那微微欠了欠身，但神色依然不動。

「也許大家聽了會很不愉快，但除了等待，暫時沒有其他辦法。我知道大家現在的心情都焦躁難安。」她的眼神在大家臉上一一掠過，在高哲生臉上停得略久，「也可能覺得每分每秒都特別難熬，想擺脫這種情緒的話，持續冥想是很好的辦法。」

「嘿，都什麼時候了，還叫我們冥想。」

劉東尼刻意用尖銳的語氣表示不滿，逕自走到大廳。

老實說，我完全分辨不出他到底是不是假裝的。

高哲生立刻跟著他。我想，他大概不想給劉東尼有機會去處理掉「證據」。

我也跟在他們後面。

在高哲生的緊盯下，劉東尼並沒有機會上樓。他回到大廳，氣呼呼地坐下來，雙眼緊閉。

沒多久，其他人也陸陸續續地回來。

3

瑪那開始盤腿，以半蓮花姿勢坐下。

「我現在會開始一個小時的冥想，想要加入的人可以一起。」

「對不起，請問我能加入嗎？」房女士囁嚅著問，「沒事情做的話，我覺得很不安。」

「各位能允許房女士加入嗎？」瑪那問。

「當然，都什麼時候了。」高哲生立刻說。

其他人也表示贊成。只有劉東尼坐在一角，置若罔聞。

「好，請大家像之前學習的那樣，把注意力放在呼吸上，如實觀察呼吸的面貌。」

十五分鐘後，房女士睜開眼睛。「抱歉，我辦不到。」

所有人都睜開了眼睛。

房女士滿臉沮喪。「我的注意力完全沒辦法集中在呼吸上超過三秒……頭腦裡都是莫名其妙的念頭，我甚至不知道我是什麼時候開始想它們的，好像一個不小心就被那些想法趁虛而入。」

「方便的話，能不能告訴我你都在想什麼呢？」

「很多……而且大多數都忘記了。現在還能記住的，就包括等下的晚餐準備方式、一些恐怖的畫面、死去的親人，以及，救援到底會不會來。」

房女士的聲音越來越低。

「其他人呢？你們的腦海浮現什麼念頭？」

「我在想，我到底在這裡幹嘛？」高哲生露出一絲苦笑，「有兩個人死了，而我坐在這裡觀察自己的呼吸。只要這麼一想，就覺得很滑稽。而且，對死去的人覺得不安。」

他說完後，陳博士立刻同意地連連點頭。

「我想的都是無聊的小事。」吉亞聳聳肩。

瑪那還是一臉平靜。

「在冥想的過程中，出現這些念頭是非常正常的，不用刻意壓抑自己的想法，只要觀察它，就會發現，這些念頭是來來去去，生生滅滅的。」

「我有個問題，」高哲生說，「即使發現真的是這樣，又會對冥想的人有什麼好處呢？據說長期冥想的人都會自稱自己處於一種喜悅平和的狀態，這是宗教性的洗腦行為嗎？」

「這世上有許多種冥想體系，確實都脫胎於各種宗教，包括在這個課程裡，我教導大家的冥想技巧，也主要源自一種叫『內觀』的冥想方式。但冥想這件事本身，是完全可以超脫任何宗教或神秘主義的色彩。因為它是一種應用科學，以實驗的方式去觀察自己的身體和心靈是如何運作的。它是一種實驗。實驗的觀察者是你自己，被觀察者也是你自己。」

「觀察自己？觀察自己的什麼呢？」陳博士怯怯地問。

「自己的實相。」

陳博士臉上的表情更疑惑了。當然，包括我在內的人也一臉困惑。

「每天吃飯睡覺，工作娛樂，這不就是自己的實相嗎？」吉亞笑著說，「難道還能是假的嗎？難道瑪那老師想說，我們是缸中的大腦，一切都是想像嗎？」

「不，我並不是在指缸中的大腦。人的大腦，確實是活生生有血有肉的，但你能控制它嗎？或者說，你的大腦，能代表你嗎？」

「除非有任何腦損傷或退化，要不然我當然能控制它。我能自己穿衣吃飯，走坐蹲跳，說話或不說話，不就是我可以控制大腦的表現嗎？」高哲生說，「另外，大腦當然是自己。心臟被移植，我們還是自己。手臂截肢，換上鋼鐵肢體，我們還是自己，但大腦移植後，我們就不可能是自己了。

不知道為什麼，劉東尼回頭看了高哲生一眼。

「那你能不能控制自己不要恐懼，不要難過，不要焦慮與不安，尤其在現在這個情況下，你能令自己的身體保持輕鬆不用緊繃，控制自己不要焦慮與不安，而是喜悅安心嗎？」

所有人啞口無言。

「如果不能，那為什麼你還認為你的身體和大腦是自己的呢？甚至認為大腦就是你自己？」

房女士益發迷惑。「如果我們的大腦不是我自己的，那它是誰的呢？」

「我也覺得很不合邏輯。」吉亞說，「這像剛剛說的『觀察者』及『被觀察者』一樣。如果『觀察者』是自己，『被觀察者』也是自己，難道會有兩個自己嗎？那哪一個才是真正的自己呢？」

瑪那揚起嘴角。她的微笑令人十分舒服。

「我理解大家的困惑。在回答之前，也許我們先來瞭解一下大腦如何運作。」

她頓了頓。

「你們有沒有想過，為什麼人類會有那麼多的情緒——高興，悲傷，恐懼，後悔，狂喜，焦慮？

那是因為，所有的生物都有傳播基因的天性，無論是動物、植物還是人類。為了傳播基因，生存是一件重要的事。古代的人類為了生存，偏好高熱量的食物。現如今，我們的身體已經不再需要高熱量的食物，但大腦仍渴望。為了避開生存威脅，產生了相對應的種種情緒，比如恐懼時腎上腺素會飆升，使身體處於備戰狀態。即使到了今天，人類來到了文明社會，不必為最基層的生存條件心驚膽戰，我們還是會渴望高熱量食物。即使沒有老虎隨時出沒來攻擊我們，我們還是會因為在職場上被同事打小報告，而憤怒不已，這是因為我們感覺自己的生存安全被威脅了。

換言之，正面和負面情緒，是大腦針對傳播基因對我們啟動的賞罰機制。

當我們做任何對傳播基因的事，大腦就會犒賞我們正面情緒；一旦發生不利傳播基因的事，就會產生負面情緒，即使如今人類已經進入文明社會，這些情緒仍沒有被擺脫。」

「另一方面，由於大腦擁有記憶力，也無時無刻都在我們的身心靈上積累信息。無論是基因記憶，還是成長環境對我們心理和社會結構的形塑，都會逐漸形成一種思維。所謂思維，就是各種興趣、偏見、意識形態、念頭、觀點或原則的記憶總和。當思維占據大腦，我們就會處於無意識的狀態，沒法自主選擇情緒。遭遇不好的生命情境，如失去工作，我們怨懟，得到美好的生命禮遇，如晉升，我們貪求，最終也指向煩惱。這一切往往發生在我們對自己失去觀察的狀態下，彷彿大腦進入一種自動導航的狀態，被情緒完全挾持，結局就是陷入無止盡的煩惱。」

「所以，我們才要分裂出另一個自己來觀察自己？」吉亞問。

「不是分裂，而是透過觀察，把無意識轉為有意識，也就是意識到雖然思維是我們的，但我們不是思維；肉體雖然是我們的，但我們不是肉體。它們只是一連串信息的積累。」

「我還是不太理解，為什麼我們不是自己的思維？」房女士問。

「就讓我們回到你剛才的情緒。房女士，剛才你在冥想的時候，腦海飄蕩著許多念頭。這些念頭包含著兩個部分，就是過去與未來。舉個例子，過去的念頭包含這裡的兩宗命案，它們帶給你創傷與恐懼；未來的念頭包含我們是否能得到救援，它們帶給你焦慮與不安。」

房女士點了點頭。

「還真的是這樣。」高哲生喃喃自語，「我從來沒想過，原來自己腦海所想的一切，真的都是圍繞著過去與未來。」

「這是因為大腦同時賦予我們記憶力和想像力。記憶力讓我們儲存過去，想像力讓我們投射未來。我們原本能利用這些能力來儲存信息和開創新意，但卻往往用在記住負面的回憶，和為自己創造出不真實的恐懼。比如，房女士說擔心能否得救，但如果心裡確定能得救，就完全沒什麼可擔心的，可正因為『未來』是尚未被形塑的東西，所以您的擔心和恐懼，完全出自於『不可能得救』這種猜測。但這種猜測不是事實，因為在此刻，它並未發生。但您卻為未發生的事而擔憂不已。同理，三點鐘的會議，我們可能早上九點就開始焦慮，因為擔心表現不好。但表現不好這件事，在早上九點並未發生。」

「但這種情況有可能會發生，不是嗎？正因為如此，才會擔心不安啊。」

「沒錯，之所以不能百分百確定，擔心有意外，是因為『未來』是一件尚未發生的事，除非我們有時光機，可以把時間軸往後拉，否則永遠不能肯定，因為它是尚未塵埃落定的事實。對吧？」

所有人一起點頭。

「也就是說，因為未來是尚未成型的，才會催生出『準備可能不充分，會搞砸會議』這種用想像力投射出來的畫面，並因此產生壓力。但那畫面是真實的嗎？不，那只是你用想像力投射出來的『未來』，根本不存在。」

瑪那繼續說：「同理，我們對過去的執著也一樣。比如說，也許你的生命中曾經發生非常羞辱性的事，每次想起，你都覺得憤怒。因為對方的行為貶損了你的自尊與價值。嘲笑一個在現代社會成長的男人被戴綠帽，和嘲笑一個在荒野中獨自長大的男人被戴綠帽，他們的心理反應是不一樣的。前者可能極度憤怒，覺得自尊受損，後者可能渾不在意。這是因為兩者心理社會結構方面的思維是不同的。但思維卻讓我們以為『一個男人被戴綠帽值得憤怒』是事實，從而產生情緒。」

「所以說，正因為人的大腦已經被思維擺布，耽溺在已經發生的事情，或投射出尚未發生的事情上，所以人才有種種煩惱。而冥想，能幫助我們擺脫思維的控制。」

「擺脫思維，聽上去很嚇人。擺脫之後，我們是不是就會變成渾渾噩噩，像個殭屍呢？」高哲生問。

「所謂擺脫思維，並不是指讓我們被切掉前額葉，變得像個活死人。人的記憶很可貴，有意識地使用，能令我們的人生過得豐富多彩。當我們說讓自己從被思維控制中解除，意思是讓我們的思維有意識地從過去與未來這種虛幻的時間概念中剝離。」

「為什麼過去和未來是虛幻的時間概念？它們明明是真實存在的。」陳博士一臉疑惑。

「在古代，人們沒有鐘錶，他們和動植物一樣，以身體與大自然相互連結，彼此共鳴，日出而作，日落而息。在有四季的地方，人們春耕夏耘，秋收冬藏。

有一種蟬，會潛伏在土地下十七年，才會清醒過來，鑽出地面，羽化成蟲，交配產卵，步入死亡。有一種山毛櫸，會透過長時間不開花結果，來避免野豬群大肆嚼食他們富含油脂的果實，等待野豬群因糧荒而數量驟減，才忽然爆發似地開花結果，使自己的種子得以傳播，生命得以繁衍。它們並沒有人類的時間概念，但生命就融合在時間之中，融合在自然裡。這就是為什麼在這座島上，我們不設置任何時鐘，也不讓大家攜帶手錶或任何能注意到時間的設備。」瑪那說，「我們想讓大家擺脫思維創造出的虛幻時間，讓大家回到真實的、與自然相連的真實時間上。」

「說起來，我聽說過納瓦霍族[10]的神話。」陳博士忽然興奮地說，「在那個神話裡，人類最開始是在沙地上作畫，創造出最原始的年曆。他們依照大自然的獨特性來命名每個月，每個月都擁有體現特徵的『心』和預示吉兆的『柔軟羽翼』。比如現在是十一月，被稱作『又瘦又長的風之月』，它的心是『風』，柔軟羽翼則是『雨』。」

「我也曾聽過，在愛奴族[11]的文字裡，一月含有『拉弓就會折斷、破碎之月』。」吉亞說，「據說這是因為在那個時段，氣候奇寒無比。」

隨著眾人的你一言我一語，我也想起曾經和妻子在一個販賣印第安禮品的小店裡，看過一個奇怪的鹿角時鐘。

那個時鐘上雖然也有長短針，但十二個數字被徹底打亂，放在錯誤的位置，字型也有些大有些小，看上去亂七八糟。妻子對這個時鐘愛不釋手。小店的老闆告訴她，時鐘的名字叫「印第安時間」。後來，那個鹿角時鐘就被掛到我們家的牆面上。

「是的，但隨著經濟的快速發展，時間和貨幣一樣，被切割成一個又一個的單位，甚至直接成了金錢的隱喻。我們計算著時間的時候，往往是在計算著自己的生產量。而現在，科技又進一步加速了時間，人們時時刻刻都被掛在網上，二十四小時為工作隨時待命。但所謂的時間，並不是任何數字概念，而純粹只是你的生命。」

10 編註：納瓦霍族（Navajo），美國西南部的一支原住民族，為北美洲地區現存最大的美洲原住民族群，人口約有30萬。

11 編註：愛奴族，日本北方、俄羅斯東南方的一個原住民族群，主要聚居在北海道、庫頁島、千島羣島及堪察加等地。

「即便是這樣，這也是沒辦法的事啊。」一直默不作聲的劉東尼發表意見，「事實是，我們就活在科技時代，需要精準的掐著時間過日子。頂多只能空出時間來上科技排毒課程，不可能天天什麼都不做坐著冥想。」

「你誤會了。冥想不是讓我們避世，而是正如剛才所說，幫助擺脫思維投射出的虛幻時間區域，回到當下。」瑪那說。

「什麼叫當下？」房女士問。

「當你閉著眼睛，把注意力放在你的呼吸上，思維冒出，你以觀察者的心態觀察它，再度把注意力拉回呼吸上。每當你一次又一次把注意力拉回來，如實觀察到你的呼吸，是淺，是急促，是深長，這種有意識的狀態，就是當下。」

「我大概懂了，」高哲生抱著手臂，往後一靠。「處於當下，我們就能把在過去與未來之間飄蕩的思維趕出去？」

「不是趕出去。而是能有意識地注意自己的身心。比如能夠在自己因失誤而煩惱的時刻，很快意識到自己的焦躁情緒，並注意到由這種情緒引發的生理反應，如胃部平滑肌可能在收縮痙攣。」

「原來是這樣。」陳博士喃喃，「怪不得來參加數位排毒前，曾經聽人說過，數位排毒令他恢復健康。」

「這不是冥想的目的。」瑪那露出一絲苦笑，「確實，在過去，當人們生活在曠野時，我們會用自己的五感和皮膚，去體味大自然的細微變化。而現在，世界正急速發展，我們的身體也慢慢變成只是一副不得不保留的軀殼，幾乎所有的活動都只發生在腦海內。熱中健身的人，也往往把身體視為獨立於心靈的一部分，用數據和蛋白粉堆疊出同一個模式和審美的肌肉。」她頓了頓，「數位排毒越來越受歡迎，也許是因為科技為我們創造了一個便捷有效率的世界，但一方面，也在鈍化我們的感受力與注意力。從手機和網絡被生產以來，個人看似與世界迅速連結，但卻再也不能好好品嘗食物的味道，不能安享和家人相處的時光，專注聆聽笑話，發出愉悅的笑聲。因為當初社群媒體就是被設計成贏取用戶的注意力的。」

瑪那的話令我陷入沉思。仔細想想，社群媒體平臺是利用人際關係的框架，為自己結成一張網。而有些短視頻社交應用平臺，則透過手指的滑動，停留的時間，來推算用戶的興趣。久而久之，大家都會陷入一個幻象，以為自己看到的世界，就是別人看到的世界。

「還有一些人，因過度仰賴科技的便利，逐漸有成癮現象。網絡出現後，隨著網頁上大量干擾注意力的超連結、圖片和影片，人們的閱讀能力逐漸下降，記憶能力減退。其實，科技是中性的，只有在使用科技的人是處於有意識的情況，科技才能帶領我們走向真實的未來。」

瑪那的話使我心念一動。我回憶起那次和妻子討論到底要不要讓日常生活充斥太多數位產品時，她向我展示了一項資料。資料顯示，過度使用數位產品，可能會令人出現數位失智的情況，表現出記憶力減退等症狀。

「你知道倫敦的計程車司機吧，他們以能夠記憶倫敦每條街道聞名，導致他們大腦的海馬迴結構和普通人不太一樣。」妻子當時說，「但最新研究顯示，如果一個人慣性地使用智能導航，就會降低海馬迴的活躍程度。」

當時候，我只是笑著把這個話題帶過。

妻子死後，我終於拋棄了過往的數位生活。三年來，我和兒子在不同的無網絡無信號的小島間旅居，看了很多紙本書。在來到這裡之前，我和兒子住著的島上，那個給了兒子銀紫色貝殼的女孩借給了兒子她珍藏的童話本《糖果屋》。

高哲生的聲音打破了我的回憶。

「那麼，當我們能有意識地擺脫思維投射給我們各種關於過去和未來的幻象後，又會發生什麼事呢？」

「只要看清一切都是幻象，就會不再過度糾纏於情緒，安然享受當下，與自己的心靈重新連結。那時候，我們才是真正地活在生命之流當中，像一隻飛翔的鷹，或佇立的樹，每分每秒都能充滿喜悅地享受流動的生命力。」

瑪那回答。

「那麼你剛才所說，自己的實相又是什麼？」吉亞問。

「用我們個人流動的生命力，去連結同樣充滿生命力的這個自然世界，就是自己的實相，也就是生命的真相。」

「對不起，」一房女士一臉困惑，「我不明白。」

瑪那用澄澈的雙眼凝視著大家。

「你們可以試著想像，世界就是個無限容量的雲端硬盤。而人類是其中一個文件夾。每一個人又各自是個文件夾，儲存著多寡不一的數據。大腦運用這些有限的數據，以想像力投放出虛假的畫面，讓我們以為這就是真實的世界。

而我們的心靈，就是一個和世界連結的接口。大腦處於無意識狀態時，我們會被思維控制，被虛像迷惑。這時候，心靈就像是一個上鎖的密室，四面都是高清屏幕，播放著各種虛幻畫面，以為那就是真相。而冥想就是一種工具，一把鑰匙，幫你解鎖密室，讓你和真實的世界接軌。」

聽到這裡，我逐漸有種豁然開朗的感受。

我理解了瑪那所說的「觀察者」和「被觀察者」的意思。說起來，把自己分裂出觀察者和被觀察者，很像我在寫推理小說時，腦海會出現的兩個聲音。「被觀察者」是故事是謎團，也就是幻象；「觀察者」是故事謎底，亦即真相。

陳博士的聲音響起。他依然一臉疑惑。

「什麼又是真實的世界呢？」

我正在期待答案，劉東尼的聲音忽然插進來。

「對不起，我想打個岔。」他說，「我可以分享自己的冥想體驗，對吧？」

「當然，您請說。」瑪那禮貌地說。

「瑪那老師說的關於這些身體、大腦、心靈之類的東西都很有趣。但不見得是學員想聽到的東西。這麼說您可能會生氣，但這些心靈哲學的東西只會令大家一頭霧水。我可以直接告訴大家我的神奇經驗，讓大家知道冥想在我身上發揮了什麼魔術般的作用。」

所有人的目光都聚焦在他身上，劉東尼調整了一下坐姿，扯了扯褲腳。

「三年前，我因為某次意外，導致左大腿和右小腿骨骼面積缺損。我自己身在醫療產業，很清楚要治療這種情況，只要通過微創手術，把一種形狀記憶材料製成支架，經低溫壓縮後注射入骨骼破口，支架受體溫影響後會膨脹起來，填補破洞，修復骨骼。」

「問題是，我的身體對那種材質過敏，只能選擇傳統的手術，結果留下後遺症，長期右腿無力。結果，在被介紹進行冥想後，我的腿部問題居然不藥而癒。」他拍拍自己的腿，露出一絲自豪，「怎麼樣，很神奇吧？冥想能喚起一個人的自我療癒力，這就是我要告訴你們的事。」

不知道為什麼，聽完劉東尼的話，我感受到一種違和感。

一方面，劉東尼似乎對瑪那說的話有些輕蔑，但另一方面，他卻不吝分享自己的私事，宣揚冥想的好處。

其次，我隱約覺得自己在這段話中捕捉到什麼東西，卻一直說不上來。

劉東尼還在前方滔滔不絕，在我恍神之間，我忽然注意到坐在最後的高哲生悄悄地離開大廳，穿過中門，走上男生宿舍。

我的心立刻一動。他一定是想去找他認為被劉東尼藏起來的衛星電話。

我立刻跟上。

4

高哲生並不知悉陳博士把劉東尼交給他的東西藏在李麥克床頭下的抽屜裡。雖然我很想讓他知道，卻苦於無法辦到。

但他爬上二樓之後，立刻就走了出去。

走進李麥克的房間後，高哲生立刻用手掩住鼻子，目光也避開床上。我也盡量不讓視線觸及躺在床上的李麥克。

高哲生一邊小心翼翼避免踩到血跡，四處張望，依次打開櫥櫃，行李箱，抽屜。

我一邊擔心劉東尼或陳博士會上來，一邊心焦如焚，多希望我能直接告訴他東西在床底的抽屜！

就在這時，我忽然心頭一動。

我注意到房間一絲變化。

原本碎落在地上的一小片鏡子碎片，位置似乎和昨天不一樣了。我會記得那片碎片，是因為它的形狀，和玻莉送給兒子的銀紫色貝殼的形狀很相似。

我記得非常清楚，昨天離開房間時，我還往這裡探頭，當時，碎片似乎不是在這個位置。

但原本到底在哪裡，我一時也說不清。總之，似乎被移動了一點。

但是，不可能被誰移動了。

因為昨天所有人下樓後，都聚集在大廳裡。所有人的行動都清楚地在我眼皮底下發生。

就在我大惑不解時，我聽到喀的一聲，高哲生已經繞到床的另一側蹲下，打開了抽屜。

他的視線下移，落在抽屜內的東西。

我立刻精神一振，他找到那個東西了，到底會是什麼呢？

我正想繞過去看個究竟，一瞬間，卻被他臉上的表情吸引住了。

既不是震驚，也不是害怕，更不是驚訝、喜悅或氣憤。

而是一種既茫然又困惑的表情。

我不知道該如何具體描述這種神情。最接近的比喻，也許像初生嬰兒第一次睜開雙眼，看見世界萬物，一臉懵懂。又或者，像大雄第一次打開抽屜，發現裡面藏著一個他看不懂的時空軸時的茫然。

這表情帶給我一種強烈的熟悉感，到底是在什麼時候，我也彷彿見過誰的臉上出現這種表情呢？

他到底在抽屜裡見到什麼東西呢？

我正想繞到床的那側，身後忽然響起一陣腳步聲，高哲生的臉色被一陣驚慌取代，趕緊合上抽屜，站了起來。

我轉過身的時候，劉東尼正好來到門口。

「哈，原來高先生在這裡。」他狀似隨意地打量了一下四周，「在這裡幹什麼呢？又玩偵探遊戲嗎？」

他皮笑肉不笑地盯著高哲生。

高哲生一時反應不過來，只能沉默不語。

「我以為，瑪那老師讓我們不要隨意走動，是我們所有人都同意的約定？」

「你說得對。」高哲生臉一紅，很勉強地說，「我很抱歉。」

「下次如果還想找什麼，我並不介意陪你一起。」劉東尼微笑。

「感激至極。」高哲生說。

兩人下樓之後回到大廳。劉東尼坐到了陳博士身邊，對他耳語了什麼。我正想趕過去，他們已經結束交談。陳博士露出侷促不安的神色。

我猜想，劉東尼應該是在責備陳博士沒有把那行李箱處理好。

我覺得劉東尼是兇手的嫌疑越來越深。為了盯住他，我決定對他寸步不離。

當天大家趁太陽下山前草草吃了晚餐。傍晚六點，太陽下山。瑪那和房女士在屋內點燃了煤油燈，並把大門和兩個側門的喇叭鎖按上，扣上插銷。

「我知道大家很疑惑主辦方為什麼到現在還不派人來，說實話，我也一樣疑惑。但無論如何，為了安全起見，請大家天黑後不要獨自行動。」瑪那說，「想出去的話，請找人陪伴。」

「我反對。憑什麼限制我們的人身自由？」劉東尼立刻說。

「劉總，請暫時忍耐。想出去的話，我可以陪你。」高哲生說。

劉東尼看了他一眼。高哲生對他莞爾一笑，取了毛巾衣物走向浴室。

陳博士迅速跟了上去。

此後，劉東尼時時露出焦躁的神色，目光頻頻投向兩個側門。我猜想，他是想偷偷把東西運出去，說不定打算直接丟到大海。

六點五十分，劉東尼終於站起來。他帶著毛巾和衣服，走到浴室門口。

高哲生和陳博士剛好從一左一右的淋浴間洗完澡走出來。

「你們也洗太久了。」劉東尼冷冷地說。

他不悅地走入洗澡間。

這天，劉東尼依然洗澡洗得很長的時間，幾乎快洗了一個小時，直到瑪那走過來敲門。

「劉先生，你還好嗎？」

過了好一陣子，劉東尼才打開門，神情非常不悅。

「我很好。」他冷冷地說，「我在裡面待這麼久，是因為這是這棟房子最令人安心的地方。」

5

這個夜裡，所有人依然聚集在大廳睡覺。

白天瑪那老師所說的那些理論紛紛浮現。

所以我現在是思維，還是心靈？

如果我是思維，照理來說，在失去肉體的那刻，思維就應該消散。

如果我是心靈，這當中的許多想法和念頭，又是從何而來？

思緒飄來蕩去，我一會兒想起妻子，一會兒想起兒子。

大廳裡的幾個人，個個都縮在自認安心的角落，和其他人隔著一段距離。

我呆呆凝視著他們睡覺的姿勢，忽然想起在旅居的小島，我和兒子見過的狗群。

那座小島有很多狗群。兒子特別喜歡其中兩隻黃色的小狗，叫他們菲菲與露露。但兩隻小狗卻不喜歡彼此，每次都隔得遠遠的睡覺，令兒子非常苦惱。

「要怎樣才能令牠們做好朋友？」兒子問我。

「我們不能勉強別人做好朋友呢。」我嘆了一口氣。「如果他們更喜歡當一座孤島。」

「等等，我跑不動了！」

小A甩開小C的手，氣喘吁吁地彎下腰，小C連忙跟著煞住腳步。

「又沒人追我們，你幹嘛跑那麼快？」

「因為那裡死人了啊，好可怕，我想帶你逃到安全的地方。

「欸，好渴。」小A說，「買點飲料來喝吧。」

小C立刻到處東張西望。

他在不遠處的角落找到一個自動販賣機，選好飲料後，小C舉起手環掃描了一下。

手環傳來提示音。小C的耳邊瞬間響起一個聲音。

「已扣除17.8元。餘額為463.71元。」

兩人靠在牆角，一邊啜飲飲料，一邊有一搭沒一搭的聊天。

「那個……離開這裡後，我可以約你出來嗎？」小C終於鼓起勇氣問。

小A別開臉，嘴唇沒有離開瓶罐，嘴角卻洩出一絲笑意。

「我最討厭想以後的事了，等離開了再說吧。」

「這樣啊。」小C搔搔頭。「好吧。」

「好你個頭，大笨蛋！」

兩個年輕人，以洋溢著青春氣息的言語與舉動試探著彼此，渾然沒有注意到手環已經由綠轉紅。

在大樓的另一個角落，有人正盯著他們的「生命流」。

他已經注意到了，只要這兩個人在一起，彼此的生理數據就會開始變化。

數據會洩露人的弱點。

他知道下一個獵物是誰了。

——節選自周云生小說《數據繭》

Chapter

4

1

第四天早上，救援依然沒有出現。

和之前一樣，這一天，瑪那照例很早起來，她打開門，確認救援沒到之後，就默默坐回原位，盤腿冥想。

吉亞是第二個醒來的。她醒來之後，雙眼注視了整個大廳一圈，之後望向門外，最後看了一眼瑪那。

她緩緩坐了起來。發了一會兒呆後，她忽然輕輕站起，躡手躡腳走向門口。

「吉亞小姐，你想去哪裡？」一直閉著眼的瑪那忽然開口。

吉亞停下腳步。「就去外面坐著，在門口就能望到，行嗎？」

瑪那還沒回答，忽然有一個聲音說：「我陪她去行嗎？兩個人，就在門口。」

我轉過頭，看見高哲生睡眼惺忪地坐起來。

瑪那睜開眼睛，向他們點點頭。

吉亞頓時一臉雀躍，和高哲生一起走出去。

我連忙跟在他們身後。

兩人果然挑了一個門口不遠處的地方停下，眺望遠處的海平面。

「要是沒有發生這一切，我們現在應該覺得很平靜吧。」高哲生直視遠方，幽幽地說。

「為什麼會平靜？」

「這可是我第一次離開瑞典。如瑪那老師所說，只要連上線，哪裡都可以工作。」高哲生說，「離開線上的密集生活，在這裡打開另一個世界的門。這不就是來科技排毒所期待的嗎？」

「我沒有那樣期待過。」吉亞笑著說。

「你期待什麼？」

「沒有任何期待。」

高哲生轉頭看著她。

「可以問你一個問題嗎？」

「好啊。」

「抵達這裡的第一天晚上，你真的和劉東尼在一起嗎？」

吉亞翻了個白眼，懶洋洋地說。「關你什麼事？」

「還是你自己一個人待在三樓的房間？」

「對啊。」吉亞漫不經心地回答。

「哪一間呢？」

「哪一間呢？」吉亞漫不經心地重複，「你要不要猜猜看？」

「301？」

「應該是吧。」

「你為什麼要在那個房間？」

「你要不要再猜猜看呢？」

「吉亞小姐，能不能請你嚴肅點？」高哲生有些無奈，「我不想刺探你的隱私，只是想搞清楚兩宗命案的疑點。」

「你真是個熱心人。」吉亞摸了摸脖子上的刺青，「好吧，那就告訴你，別說我已經有男朋友，就算沒有，才不會和那傢伙過夜。」

「我相信你。」

「你信不信都無所謂啊。」

「你知不知道為什麼劉東尼要說他和你同房？」

「這我怎麼知道呢？你可以問他。」

「可你卻不向大家解釋？」

「有什麼好解釋的？我又不認識你們。」吉亞發出小小的笑聲，「離開了這裡，我們也許一輩子不再見面。」

「那你能不能告訴我，你為什麼要去男宿舍？」

「你的問題真多。我給你唸一首詩吧，你就會知道了。」

吉亞開始唸詩。

沒有人能自全
沒有人是孤島
每人都是大陸的一片
要為本土應卯

唸到這裡，她笑起來，「後面的我記不住了。」

看著她的笑臉，我彷彿又看到妻子的神氣，感到微微震動，不禁在心裡接下去。

那邊是一塊土地

那便是一方海角
那便是一座莊園
不論是你的、還是朋友的
一旦海水沖走
歐洲就要變小

「怎麼樣，明白了嗎？」吉亞問。

「不明白。」高哲生一臉茫然。

「這首詩在說的就是我們的整個世界。沒有人是一座孤島。即使我們自以為是獨立的個體，卻深深明白，只有一個人的話，是絕對活不下去的。以肉身存在的人類，天生就要像蜘蛛一樣織網，才能擴大世界。」

「那不是很好嗎？」

「一點都不好，這就是身為一具實體生命的悲哀。人只有在極致孤獨的時候才會感到自由，但實體的限制性注定我們無法選擇孤獨。只能在嚮往自由和害怕寂寞之間像沙丁魚一樣來回巡游。」吉亞神情哀傷，「你以為一個人連結一個人，一座孤島連結一座孤島，我們就會延展向更廣闊的世界嗎？不會的，把所有的點連成線，就會成為所有嚮往自由的人的牢籠，連死後都不得自由。」

高哲生大惑不解。「我不明白你在說什麼。」

「不是所有人都喜歡被連起來。」吉亞笑了笑。「我那晚逗留在男宿舍，是因為我討厭被困起來，懂了嗎？」

聽著吉亞的話，我覺得腦海一片恍惚。

我想起六年前的自己，在頒獎典禮上，是那麼篤定認為數位科技會帶給人類無盡的方便與美好的未來。直到妻子的死給我敲了一記警鐘。

我想起昨天瑪那說，只有在使用科技的人是處於有意識的情況，科技才能帶領我們走向真實的未來。

任何人的死亡
都是我的減少
作為人類的一員
我與生靈共老

我持續默唸著這首詩，眼神望向周圍的一切。

天空，海洋，雲朵，沙地。

萬物連結，我與生靈共老。

我站著晃了很久的神。忽然清醒後，才發現那兩人已經回到客廳。

回到客廳後，我發現陳博士不見了。

他去了哪裡呢？

我走出去，看見他正在距離側門大約兩尺的地方，面朝側門方向，彎腰撿起一個什麼東西。

我連忙跑過去，發現他手裡揀的是一顆水晶柱。

為什麼會有一顆水晶柱在這裡？

忽然之間，我發現了這顆水晶柱似乎有點不一樣，形狀更扁更方，好像是……我正想仔細觀察，陳博士忽然手心一收，快步回到東側門。

「你去了哪裡？」吉亞忽然出現在東側門，微笑看著他。

「我……在門口溜達。」陳博士說，頸項起了紅斑。

「你手裡拿著什麼？」

「水晶柱。」陳博士說。「在地上撿到的。」

「能讓我看看嗎？」

陳博士很快把水晶柱給了吉亞，她看了一眼，彷彿想到什麼，笑說：「我們來許願吧。」

她拉著陳博士轉到左邊的蓮花池，合掌握住水晶柱。

「希望我們可以很快離開這裡。」

她把水晶柱拋進了蓮花池中。接著，吉亞又連接拋了兩個水晶，許了兩個願。

「你還許了什麼願？」陳博士問。

吉亞笑吟吟地說：「不告訴你。」

許完願，兩人回到屋內。高哲生穿過中門走過來。

「你們去哪裡？」高哲生問。

「廁所。」陳博士說。他的頸項再度起了紅斑。

陳博士確實是在說謊，我親眼看見他是從屋外走進來的。他去了哪裡呢？

除了通往餐廳，還能去哪裡呢？

我以衝刺的速度衝向餐廳，跑到一半，就見到從廚房的上空升騰著裊裊白煙。

我衝向廚房，發現鐵爐中果然燃燒著，已經快燒完了，但我還是看清楚裡面的東西——

天啊，我真的不敢相信自己的眼睛……

居然是一大疊的美鈔！

我眼睜睜看著那疊美鈔一點一點捲起，化成一疊灰燼，完全無力阻止。心中一直期盼有人能從主屋那裡過來，但直到鈔票化成灰燼，都沒人過來。

過了很久，我終於冷靜下來，能夠重新思考，心中困惑至極，一連串的問題如海浪的泡沫翻騰湧出。

是誰把美鈔帶來燒掉？這些美鈔是誰的？為什麼要燒掉？之前被藏在哪裡？

關於第一個問題，我第一個反應就是陳博士。我親眼看見他從屋外走進來，還彎腰撿了一顆水晶柱。雖然暫時不理解那顆水晶柱的作用是什麼。問題就是，剛才我完全沉浸於高哲生和吉亞的對話之中，完全沒有注意到誰離開了大廳。說不定有其他人藉口要上廁所而遁出屋子，如果是這樣，我真的完全沒法知曉，因為根本沒法開口問人。

這些美鈔是誰的東西？

如果把美鈔帶去燒的人是陳博士，那無疑，這些東西就是劉東尼的東西。換言之，也就是李多娜死後，劉東尼要陳博士處理掉的那袋東西。如果依次推論的話，應該也就是原本劉東尼說要「原樣奉還」給李多娜的東西。

如果是鈔票的話，那就非常合理。劉東尼和李多娜曾經共同創業，說不定資金是由李多娜出的。兩人決裂後，劉東尼為了挽尊，把資金還給她。但為了面子，他不敢讓眾人知道，所以要陳博士幫忙轉移掉。至於為什麼陳博士答應幫忙，這點暫時不清楚。

如此持續往下推論，陳博士燒掉美鈔，是因為劉東尼要他處置掉。

至於最後一個疑問：美鈔之前被藏在哪裡？

如果上面的推論是正確的，那就是被藏在麥克床架的抽屜。

把整件事情的來龍去脈梳理完畢後，我頓然一陣輕鬆，甚至有一絲得意。

高哲生的臉在我面前一晃而過。要是我能夠告訴他——

我的微笑忽然凝住了。

不對。

如果抽屜裡的東西真的是美鈔，為什麼高哲生會露出那種奇怪的表情。

一般情況下，人們看到錢，尤其是那麼大筆錢，通常是雙眼發亮或嚇一大跳。

就算高哲生是有錢人，對錢司空見慣，頂多也只是會因為死人抽屜下忽然出現錢而大惑不解。但高哲生的表情，與其說是「為什麼這裡會出現這種東西？」不如說是「這是什麼東西？」

照這種情況，不可能會是錢。

如果不是錢，到底會是什麼呢？

我腦海忽然沒來由地想到自己的小說——《數據繭》。

在那本小說裡，我寫了一個物聯網建築群，在那個建築群裡，所有的家電都會溝通。

如果眼前這棟房子也是這種智能房子的話，前面的兩個密室之謎也就變得很簡單。

這是當然的，如果有網絡，如果有智能門，殺人會變得簡單。

但同時也會留下證據。所以沒有兇手會這麼做。

除非，這個物聯網永遠不會被察覺？

所以，抽屜裡的東西，會不會和「不會被察覺的網絡」這個概念有關呢？

若不是如此，為什麼高哲生會露出看不懂的表情呢？

我懷著困惑的心情回到冥想大廳，所有人剛剛起來。

發現救援依然沒來，大家都一臉灰暗，懶洋洋窩在遠處。

「我去做早餐，然後把早餐送過來吧。」房女士振奮起精神說。「吃了早餐，大家再一起想辦法！」

「哼，你們能想出什麼辦法？」劉東尼粗聲粗氣地說，「再說了，從這裡到餐廳就那幾步路，是擔心我們走不動，還是擔心我們迷路？」

房女士吃驚地眨眨眼，沒說話。

「沒必要這麼兇吧？」高哲生說，「大家心情都不好，沒必要拿別人出氣。」

「我就出氣怎麼了？我花了那麼多錢來這裡，發一頓脾氣也不行？」

瑪那走了過來。「房女士，請你趕快到廚房準備早餐。」

「是、是。」

房女士離開後，大家都沉默下來，空氣中漂浮著一股沉默的氣息。經過這幾天，劉東尼原本裝得風度翩翩的面目已經被他自己撕得一絲不剩。

一行人慢慢步行抵達餐廳。

「今天起得遲了，來不及生火。」房女士小聲說，「只給大家準備了比較簡單的食物。」

沒有人有意見。劉東尼也不吭聲。

房女士先端出一些早餐雜糧，以及蜂蜜水。大家就混合著隨意吃起來。

瑪那還是最後一個來選早餐的。

她還是和之前一樣，用蜂蜜混合雜糧，但今天沒有拿蜜棗。

房女士轉身回廚房，開始生火準備泡咖啡。

這時，她看見了爐子裡的灰燼，一臉驚訝。

她立刻轉身走出廚房。

「請問——」她猶豫地說，「剛剛是不是有人使用過火爐？」

所有人都疑惑地搖頭，只有陳博士低下頭，滿臉通紅。

「發生什麼事了嗎？」瑪那問。

「不，沒什麼大不了的事。」

房女士回到廚房。

一行人開始默默吃起早餐。吃完後，幾個人輪流去角落添了咖啡。

我的思緒一直停留在那疊被燒毀的美鈔上。

「咦，這裡怎麼有個名字？」

2

我驀然回神，看見吉亞站在放置咖啡壺的桌邊，低頭望向地上。

所有人都湊過去看，我也湊上前，發現在沙面地上，不知道誰寫下「朱莉」兩個字。

「誰是朱莉？」吉亞問。

就在這時，我注意到有兩個人的臉色同時變了。

一個是劉東尼。

另一個臉色蒼白的人，居然是房女士。

究竟誰是朱莉，劉東尼和房女士和她有什麼關係嗎？

因為沒有人承認是自己做的，這件事只好不了了之。

吃完早餐後，大家又回到大廳，因為救援遲遲不來，每個人顯得越來越焦躁。

「呼！」冥想靜坐了一個小時後，吉亞睜開眼睛。

「真是受不了！」她跳起來，「我可以申請走到屋外繞繞嗎？」

她的眼神依次繞過大家，最後停留在高哲生臉上。

「你要去哪裡？」

「在這屋子周圍隨便繞繞，不放心的話，你可以和我一起。」

「那就恭敬不如從命。」高哲生說，「劉先生，你不反對嗎？」

劉東尼恍若未聞，心事重重的樣子。高哲生又叫了幾聲，他才回過神來，不耐煩地揮揮手。

自從發現了「朱莉」的名字後，他就是如此一副心神不寧的樣子。

我原本想跟著他們，但今天早上，劉東尼和房女士的表情實在令我生疑。

既然他們倆在這裡，那我就留在這裡吧。

又靜坐一會兒，瑪那忽然走到房女士面前，輕聲說：「房女士，能借一步說話嗎？」

房女士茫然抬頭望她，好一會兒才回過神來，點點頭。

「我們出去門外吹吹風。」

陳博士惶恐地點頭，劉東尼呆若木雞，充耳不聞。

兩人走出門外，海風將她們的衣袖揚起。

「請問，有什麼事嗎？」房女士有些不安地問。

「您今天還好嗎？」瑪那關切地問。

「還可以。」房女士低聲說。

「我看你從早上開始，似乎就有點心神不寧。」

房女士沉默著，過了良久，她終於說：「那個名字——」

瑪那轉頭看著他。

「——朱莉，是我表妹。」

瑪那有些意外。「你表妹？」

房女士點點頭。

瑪那微微透出困惑。「所以，是你寫下那個名字？」

「不，不是我。」房女士忙說，「老實說，剛剛看到朱莉的名字出現在地上，我覺得非常奇怪。到底是誰寫的呢？昨天聽了你說的關於思維令我們和過去糾纏不清的話，我還在想，要是當初有人對朱莉這樣說，她也許就不會走上這樣的結局。」

「她怎麼了？」

「自殺了。」房女士悠悠地說，「一個比我小五歲，聰明又認真的人。從小就對科技感興趣，立志用科技改變世界。是這樣美好的人自殺了。」

「發生了什麼事？」

「就像高先生他們那樣，我表妹之前也是在一家科技產業的公司工作，負責公司旗下一條產品線，生產智能音箱，品牌名字似乎是以V開頭的。」

聽到「智能音箱」四個字，我的心突地一跳。

以V開頭的品牌——

Visudha？

我的心咚咚跳起來。她在說的，是Visudha智能音箱嗎？

房女士繼續說。「據她說，公司的智能音箱其實會收集用戶的數據。而因為產品有安全漏洞，致使駭客入侵，導致一名用戶自殺。整件事其實都被音箱監聽並記錄下來，但因為沒有人提出控告，這件事情後來被公司掩蓋下去。但表妹心裡很不安，向高層提出不滿，沒想到因此被辭職了。」

「後來呢？」

「我表妹因為這件事，覺得自己是害人的幫兇，逐漸患上憂鬱症，沒多久，她就自殺了。」房女士說，「從那時開始，我就對科技有點抗拒。但昨天你說，科技只是工具，有意識地使用，會令世界更美好；但如果科技被掌握在無意識的人手中，也許就會帶來災難與毀滅。」

「是的。」

「如果我早點知道，讓我表妹知道，也許她現在還活著，他們一家三口也不會分崩離析。」房女士寂寥地說。

看著她的神情，我心中一酸，想起自己的一家三口。

「她有小孩？」

「有個兒子，現在在北歐。」房女士說，「上一次見面，還是在我表妹的喪禮上。可憐的孩子。」

「所以沙地上的那個名字——」

「不是我，我實在不知道是誰寫的。」房女士焦慮地揮手。「但問了他們，並沒有人承認。」

「你先前並不認識這些人吧？」

房女士搖搖頭。「我從沒見過。」

瑪那沉吟半晌。「我也不清楚這個人寫下名字的目的。總之，還是和之前一樣，萬事小心，千萬不要獨自行動。」

「奇怪的事情越來越多了，瑪那老師，我們一定可以離開這裡吧？」

瑪那望向遠方。「別擔心。一定會得救的。」

我很想繼續聽關於智能音箱的話題，但兩人卻不再談起，令我心焦如焚。

但一直如墜五里霧的思緒也開始露出一點曙光。

我似乎找到了我和島上這些人的連結。

根據高哲生的話，李多娜和劉東尼曾經合夥創業，推出一款智能音箱，也就是我買下的那款智能音箱。因為這款音箱，三年前妻子自殺。而房女士的表妹也因為這件事間接自殺。

我忽然想到一件事。

房女士曾說過，看見高哲生，就會想起她的外甥，兩人年齡也相似。

房女士說過表外甥在北歐。高哲生也提及自己住在瑞典，但從兩歲開始沒離開過瑞典。

難道高哲生撒謊……

但我隨即否定了這個想法。因為如果高哲生是房女士的表外甥，她不可能認不出他，畢竟兩人三年前的喪禮上曾經見面。

就在胡思亂想的當兒，我忽然聽到了鑼聲響起。

瑪那和房女士面面相覷，順著房子的東邊走，遠遠地，就看見高哲生和吉亞站在鑼前，從那個角度看來，兩人就像一對璧人。

高哲生手執鑼棒，一下一下地敲著。

我閉上了眼睛。

微微的震動，像水波一樣在我耳膜盪開，形成一圈又一圈的漣漪。

在這樣的聲波裡，我第一次感覺到自己的存在。我正在與自己同在，與時間同在，與自然同在，與世界同在。我是聲音裡的其中一點震動，從震動中滋生，蔓延，消失。

我的生命隨著震動，起起落落。周圍的一切也在生生息息。

作為人類的一員，我與生靈共老。

那瞬間，我想起了所有死去的人，不只是妻子，還包括原本活生生，一轉眼就失去呼吸的李多娜母子。

高哲生一共敲了七下。

七聲之後，良久沒有人說話。

直到有人像一頭猛獸般從屋內竄出，打破寂靜。

「你是神經病嗎？」劉東尼彷彿中邪似地破口大罵，「天色還這麼早，你是在報喪嗎？」

那一刻，我猛然記起剩下的四句詩句。

喪鐘在為誰敲
我本茫然不曉
不為幽明永隔
它正為你哀悼

3

接下來的時間，劉東尼持續顯得心浮氣躁。

「剛剛劉總在大樓發生了什麼事？」高哲生私下去問陳博士，「怎麼忽然那麼生氣？」

「我也不清楚。」陳博士誠惶誠恐，「他原本好像正在閉目冥想，可能你們猛然敲鐘，嚇了他一跳，所以才這麼生氣。」

我把目光轉向劉東尼，不由得想，他是因為「朱莉」這個名字而恐懼嗎？

一直以來，我都認定劉東尼和李多娜母子的死有關，但知道了他是智能音箱相關人物，與妻子和朱莉的死有關後，現在又開始猶疑起來。

我很肯定，我並不認識島上的所有人，所以如果兇手是劉東尼之外的人，這個人一定是為朱莉的死而來。

朱莉有夫有子，兒子年齡大概和高哲生相若。

但顯然高哲生不是朱莉的兒子，否則房女士不會認不出他。

我恍恍惚惚地想著，眼前的每個人，似乎都變成嫌疑犯。

吃完飯後，天色更陰沉了，一行人回到大樓不久，天空就淅瀝瀝地下起雨來。

這是所有人來到島上的第一場雨。

「這是十一月的『柔軟羽翼』啊。」吉亞站在東側門口注視著眼前的雨，似乎很開心。

她是在說陳博士提過的納瓦霍族神話，十一月的吉祥之兆是「雨」。

「也就是說，接下來會有好事發生嗎？」高哲生自言自語。

「可能等一下就會有人來了。」房女士滿懷期待地說。

太陽已經下山，瑪娜和房女士鎖上了大門和兩個側門。

六點四十分，高哲生和陳博士像昨天一樣結伴去洗澡。

也如昨天一般，高哲生進了左邊的淋浴間，陳博士進了右邊的淋浴間。

雖然已經推論高哲生不可能就是朱莉的兒子，我不免有點警惕。

十五分鐘後，房女士進了淋浴間。

七點鐘，高哲生和陳博士走出浴室。

就在這時，我忽然注意到一個之前一直忽略的怪事。

那就是，為什麼高哲生和陳博士有時候會形影不離？尤其是洗澡時，簡直秤不離砣，一定要同去同回。

等他們洗完出來後，我走進去廁所，一一檢查了衛生間有沒有可疑的東西，再檢查窗戶，發現三個窗戶都由內上鎖了。

等我檢查完畢，發現沒有異常走出來，七點鐘，劉東尼終於帶著毛巾和衣服走來，他還是那副心事重重的樣子。

來到男浴室前，他忽然左顧右盼，發現沒人後，伸手想打開已經上鎖的東側門。

我一陣疑惑，他到底想出去幹什麼？

就在這時，高哲生去而復返。「咦，劉先生，你想去哪裡？」

劉東尼立刻轉過身，臉色有點發窘。「沒去哪裡。」

高哲生笑了笑，走進浴室從左邊的淋浴間取出遺漏的毛巾，然後轉身走進大廳，沒多久和瑪那一起出來。瑪那打開儲藏室，拿出兩個鎖頭，扣在兩個側門的插銷鎖扣中。

「為什麼連屋內也要上鎖？」劉東尼立刻質問。

「高先生說我們都在大廳，這兩個側門無法注意到，為了安全最好鎖上。我覺得有道理。」瑪那說。

「如果屋裡發生什麼事，我們要怎麼逃出去？」劉東尼有些生氣。

「放心，大廳的大門只拉上插銷，沒有鎖頭，有什麼事隨時可逃。」高哲生一派輕鬆地說。

劉東尼一聲不吭地走進浴室。

「好好享受。」

劉東尼板著臉，把門關上了。

我聽見「噠」的一聲，劉東尼把門的喇叭鎖鎖上了。

十分鐘後，吉亞也進了女浴室。

十五分鐘後，瑪那走進浴室。五分鐘後，房女士出來了。

七點四十分，吉亞走了出來。她喉嚨上的刺青在洗澡後格外鮮明，像一朵花被繡在白絲緞上。

五分鐘後，瑪那也洗完澡，走出浴室。

所有人都出來後，劉東尼依然在裡面。我忽然有點不安，把耳朵附在浴室門板上，聽見裡面嘶嘶的水聲。

雖然知道徒勞無功，我還是焦急地在浴室和大廳之間來回奔跑，希望喚醒大家的注意。

一直到快八點，雨聲逐漸停了，瑪那才環顧四周，發現劉東尼還沒回來。

「劉先生好像進去很久了。」她說。

「他昨天洗澡也這麼久。」高哲生不在意地說。

瑪那臉上閃過一絲憂慮，快步走到男浴室外，用力敲門。

「劉先生！劉先生！你還好嗎？」

沒有人回應。

很快地，其他人也聞訊而來，啪啪拍門，大聲呼叫劉東尼。

「大家讓開！」高哲生大叫，然後開始用肩膀使勁撞門。

浴室門被撞開後，大家發現中間淋浴間的門板緊閉，裡面傳來流水淙淙。

高哲生和陳博士輪流撞門。

門很快被撞開，一望之下，所有人都呆若木雞。

淋浴間裡一個人都沒有。

一怔之下，我和高哲生做了一個相同的舉動——上前查看窗戶。

窗戶的月牙鎖是扣合著的。

高哲生伸手推了推窗戶，文風不動。

我一轉頭，看見其他四個人還站在淋浴間門口。

高哲生轉過身，快步走到隔壁淋浴間，我知道他要幹什麼，連忙跟上。

左右邊兩間淋浴間，經檢查，兩扇窗戶都鎖得好好的。

真是太詭異了。

從劉東尼進入浴室開始，我就站在門口，期間根本沒有任何人進去。

高哲生轉身衝出浴室，打開東側門，忽然之間，他整個人頓住了。

我越過他的肩膀望去，看見劉東尼就坐在蓮花池邊。不，仔細一看，他不是坐在地上，而是坐在那臺機械秤上，心臟部位插著一把刀。

雨已經停了，高哲生提起一盞煤油燈，蹲下身，探了他的鼻息，搖搖頭。

有醫護經驗的房女士也上前觀察了一陣，震驚地轉過頭。

大概因為震驚過度，很長時間沒有人說話。

我站在一旁，默默觀察劉東尼的樣子。

比較詭異的是，劉東尼的屍體是坐在那臺機械臺式秤上，身體往後靠在機械鐵條上，渾身濕漉漉的，雙手和指甲還殘留著一些泥土。

高哲生顯然也覺得很奇怪。

他沉吟。「這個機械秤——」

「昨天我送餐時推來的，然後就一直放在這裡。」房女士哽咽著，「劉先生怎麼會躺在這裡呢，早知道這樣，我就——」

她哭出聲來。

瑪那走上來，拍了拍她的肩膀。吉亞彷彿很冷般抱著手臂站在一旁，臉色僵僵的。

我跟著高哲生走到蓮花池前面，他提起燈仔細打量。

順著燈光，我再度發現第二個奇怪的地方。

原本用來圍繞蓮花池的水晶柱，被人攪得亂七八糟，許多跌落到池裡，還有一些飛散到地面兩三尺外的地方。

高哲生彎腰撿起一顆水晶柱。在煤油燈的照耀下，這個礦物體發出溫潤光芒。
「到底發生什麼事，怎麼蓮花池被搞成這樣？」陳博士走過來驚訝地問。
高哲生搖搖頭，又舉起煤油燈望向灰色的水泥牆面。
牆面看起來並無異常。
「他是從窗口爬出來的吧？」高哲生對著廁所窗戶喃喃自語。
「可是……」房女士猶豫地說，「裡面的窗戶不是上鎖的嗎？」
「是的。」高哲生沉吟半晌，「除了窗戶，想要走出戶外，只有通過大門和兩個側門。我和陳博士兩人在劉先生去洗澡後，就已經回到大廳，一直沒離開過，所以他根本不可能通過大門離開。
「他也不可能通過側門離開。」瑪那說，「側門我已經上鎖了。」
「沒錯，我已經確認過了。」高哲生說。「所以劉先生的遺體會在戶外，肯定是從窗戶爬出去。」
「但他要怎麼在爬出去之後，又從內上鎖呢？」吉亞問，「難道有人在他爬出去後，替他在裡面鎖上窗戶嗎？」
「如果是這樣，那個人又要怎樣鎖上淋浴間門和浴室門的插銷呢？」

幾個人你一言我一語地討論著，我沒有心思去聽。因為我十分清楚，在劉東尼進入廁所的這段期間，根本無人靠近男浴室。

也就是說，劉東尼離開中間的淋浴間，肯定是通過窗口。

問題是，又怎樣在離開之後，又把窗口從內上鎖呢？

高哲生走回劉東尼的屍體邊。

「到底是誰殺了他？」他喃喃，「我一直待在客廳，而側門已經上鎖。所以殺他的人，一定同樣是從淋浴間的窗戶爬出去。」

「但是，我們在劉先生洗澡前，就已經回到客廳了啊。」陳博士急忙說。

「沒錯。」高哲生說，「所以涉嫌殺死他的人，應該是三位女士。」

聽了高哲生的話，我按照剛才的記憶，排起剛才大家進出浴室的時間表。

六點四十分，高哲生和陳博士一起進入男浴室。

六點五十五分，房女士進入女浴室。

七點鐘，高哲生和陳博士一起離開男浴室。

七點鐘，劉東尼走進男浴室。

七點十分，吉亞走進女浴室。

七點二十五分，瑪那走進女浴室。
七點二十八分，房女士離開女浴室。
七點四十分，吉亞離開女浴室。
七點四十五分，瑪那離開女浴室。
八點零五分，劉東尼被發現死在靠近東側門的蓮花池邊。
看起來，三位女士的嫌疑確實最大。
但我不能苟同高哲生的說法。
因為我一直待在男浴室門口，無法看到大廳裡的情況，所以不能確認包括高哲生在內的人有沒有撒謊，從大門溜出去，繞到蓮花池後殺死劉東尼。
三位女士面對高哲生的指控，反應不一。
房女士大吃一驚，瑪那平靜中微帶無奈，吉亞則是露出莫名其妙的神情。
「如果兇手是我們，應該也會面對同樣的問題——要怎麼在出去把人殺死之後，又重新鎖上窗戶呢？」吉亞說。
「不止窗口。」房女士連忙說，「還有淋浴間的門和浴室的門。」
她們說得沒錯。

假設吉亞是兇手，她從自己的窗口鑽出去，在蓮花池邊殺死了同樣從窗口鑽出的劉東尼，然後鑽進劉東尼的淋浴間，再從內上鎖。

這時候，窗口是鎖上了，接下來該怎麼辦呢？

如果說，這是一個非常大的淋浴間，有足夠藏身的暗格，兇手或許可以從內上鎖後躲在暗格裡，等外面的人破門而入後，再從暗格中鑽出來，假裝是和大家一起進來的。但這個淋浴間很小，格局一目瞭然。

更何況，淋浴間門之外，外面還有一道浴室門。

浴室門之外，還有一個我。

而且，我親眼目睹，在高哲生企圖撞開浴室門的時候，其他人都一個不漏地站在門口。

如果兇手不是從浴室鑽出，而是由我無法看到的大廳離開呢？

我回想了一下時間點，雖然從劉東尼進入浴室開始，高哲生就和陳博士留在大廳。但這一個小時十分鐘內，他們並沒有兩人待著的機會，大廳至少會有三個人。

劉東尼雖然是不討人喜歡的類型，但很難相信會有那麼多人聯手殺他。

更何況，即使兇手是由大廳離開，還是無法解決窗口上鎖的問題。

我再度回憶剛才發生的事，忽然發現，劉東尼淋浴前發生的最不自然的事，就是高哲生忽然出現，然後走進浴室取回浴巾。

他平常根本不是那麼粗心大意的人。

難道他回去浴室，是為了動什麼手腳？

慢著，高哲生為什麼要殺死劉東尼？

明明之前的推論，已經證實他不可能是朱莉的兒子。

那麼，到底是誰殺死劉東尼呢？

想到這裡，我又踱回男浴室，仔細查看中間的淋浴間，但沒有任何線索。我走進左邊的淋浴間，看了看剛才高哲生掛著毛巾的地方。

忽然之間，我恍然大悟。

原來是那麼簡單的把戲啊。

但是，另一個疑問卻沒法解決。

我重新走出東側門。一走出去，就聽見「咦」的一聲。

循聲望去，只見陳博士呆呆站在劉東尼的屍體旁，把煤油燈提近機械秤的刻度處。

「怎麼了？」

「你們看，」他伸出一根手指，指向刻度顯示的數字。

在煤油燈下，我們看見了秤上的數字。

６８．２０公斤。

「這數字怎麼了嗎？」

「昨天量體重時，我明明記得劉先生的體重是７０．８０公斤，但現在，體重居然少了１６０克。」

「這應該沒什麼吧，人的體重都會有輕微變化。有些人的體重，早晚都相差一公斤。」高哲生說。

「但劉先生很注重飲食，說不管在什麼環境下，都要保持身體的活力，才能應對所有變故。」房女士說。

「體質問題是唯一的解釋。」高哲生說，「除非死前大量失血，否則死亡不會令一個人的體重減輕。」

「還有一個可能。」吉亞忽然說。

所有人都望向她。

吉亞眨了眨眼睛。「這個秤可能壞了。」

陳博士顯得很沮喪，小聲嘀咕。「真的是秤的問題嗎？」

「高先生，你還在懷疑我們是兇手嗎？」瑪那忽然問。

高哲生沒有出聲，片刻之後，他才長長呼出一口氣。

「我沒有懷疑你們，我只是在陳述自己看到的事。不過，現在我已經不敢相信自己的眼睛了。畢竟，在他死之前，我都以為兇手是他。」

高哲生的臉露出前所未有的頹然與疲憊。

陳博士依然站在機械秤邊，似乎依然無法釋懷劉東尼體重減輕的事。但我認為高哲生和吉亞的判斷是對的，這只是秤的問題。

他自言自語：「劉先生為什麼會躺在這裡？」

是啊。我心裡一動。為什麼劉東尼會死在機械秤上？是他自己坐上去的，還是兇手把他放上去的呢？

原因又是什麼？

4

那天夜裡，雨又開始滴滴答答地下起來。

在這座島上，還活著的人只剩下瑪那、高哲生、吉亞、陳博士以及房女士。

所有人默默縮在大廳一角，雙眼圓睜，無法入眠。

我在他們的臉上看到充分的不安與疑惑。我可以理解他們的想法，兇手就在自己身邊，可自己卻完全看不出是誰。

我也和他們一樣疑惑。

腦海中，有無數個問題在不停翻騰。

李多娜是怎麼死的？

李麥克是怎麼死的？

劉東尼是怎麼死的？

我忽然想起了抽屜裡的那個「魔法裝置」。

之前環繞整個小島，並沒有發現任何信號站的基座。小島外觸目所及，也沒有任何主島，可以延伸信號。

會不會有一樣東西，可以在不被人察覺的情況下，讓整棟房子變成物聯網？

只有一個指令，就能把門上鎖。

一個指令，就能把窗上鎖。

如果真的有這樣的東西，也許就能解答島上所有的疑問。

但是，世界上真的有這樣的東西嗎？

而這座島，真的是既無信號，也無網絡嗎？

思緒越來越混亂，我坐立不安，幾乎吼叫起來。

一瞥眼，我看見瑪那坐在一旁，如往常一樣盤腿靜坐。

她整個人寧靜如同一棵松樹。

我的心忽然安靜了下來。

我也學她盤腿坐下，把注意力放在傾聽屋外的雨聲上。

雨越下越大。我的注意力一直在雨聲與紛陳的雜念來回航行。

有時候，意識戰勝了無意識，我於是聽見了真正的、令人屏息動容的雨聲。

有時候，無意識俘虜了意識，我的思緒又開始飄蕩到各處。

漸漸地，雨聲逐漸變得朦朧，退化成一個背景。

在那背景音之中，我彷彿回到之前和妻子兒子旅行的海島。

在某個晚上，也是下著這樣的大雨。

雨聲彷彿要把輕薄的木牆板撕碎，我和兒子把被窩一直拉到頭上蓋住。

第二天早上，女孩玻莉來敲我們的門。她笑著告訴兒子，菲菲和瑟瑟變成了好朋友。

「為什麼？」

「因為下了一場大雨啊。」玻莉笑咪咪地說，「大雨把大地上的所有東西都洗得乾乾淨淨，菲菲和瑟瑟的氣味變得一樣，所以他們現在是好朋友了。」

我忽然坐了起來。

那瞬間，我聽見了真正的雨聲。

5

天色逐漸亮了，在思維不斷來回巡航的途中，我依稀聽見瑪那在輕吟一段開示文。

Make an island of yourself 為自己建一個島
Make yourself your refuge 讓你成為自己的歸依
There is no other refuge 再無別的歸依
Make truth yours island 讓真相成為你的島
Make truth your refuge 讓真相成為自己的歸依
There is no other refuge 再無別的歸依

就在光線透過大廳的氣窗射進來的那刻，我忽然聽到了外面傳來巨大的螺旋槳聲。

所有人一愣之後，紛紛迅速站起，瑪那第一個推開了大門。

我跟在所有人身後，看見一輛機型完美的直升機慢慢降落，往地面停靠。螺旋槳還在嗒嗒旋轉，刮來的風使所有人瞇起眼睛。

「來了！」陳博士熱淚盈眶。「終於有人來了！」

安全降落之後，兩個膚色黝黑的中年男人從機艙跳出來，瑪那立刻跑上去。他們說著我聽不懂的語言。

兩個男人隨後走進屋裡，瑪那帶著他們看了屋內的三具屍體後，兩個男人隨即臉色凝重，回到直升機上。

「主辦方已經報警。」瑪那對大家說，「警方很快就會來這裡。」

「他們之前為什麼沒來找我們？」

瑪那沉默下來。「因為他們說，每天都有接到我報平安的電話。」

「怎麼可能？」

「我也不清楚。」瑪那搖搖頭，目光轉向遠處。

沒多久，警方果然來到。他們全都膚色黝黑，說著我聽不懂的語言，穿著我沒看過的制服。

接下來的畫面如同電影快轉，陸續有人走了進來，到處質詢盤問，在建築物前後來回跑動。

幾個小時後，所有人都筋疲力盡。

其中一個黝黑的男人走過來，和瑪那說了幾句話，又走開了。

「查布先生說，會派船接各位離開這座島，到陸地的警局協助調查。」瑪那走過來告訴大家。

「太好了。」吉亞喃喃，「終於可以離開這裡了。」

我恍恍惚惚地看著這一切，腦海糾結著還沒想通的疑團。

所有人的行李都被勒令不准帶走，也各自被搜了身。

大家呆坐在大廳，等待船的到來。

這時，我忽然發現陳博士不見了。

走出大門，發現他並沒在屋外。我逆著時針繞了房子一圈，經過東側門，發現他正呆呆站著。

劉東尼的屍體剛剛被包好抬走了，現在地上只剩下那個機械秤。

陳博士就是一臉呆滯地盯著那個機械秤。「難道靈魂會有重量嗎？」他喃喃。

我隨即明白，他一定是還在為劉東尼少了160克體重的事而困惑。

瑪那走了過來。

「陳博士，船已經抵達碼頭，我們要走了。」

陳博士抬起頭，茫茫然看著她。

「你沒事吧？」

陳博士搖搖頭。

「如果你沒有上廁所的需要，就可以準備上船了。」

「啊，我去上個廁所——」陳博士站起來，廁所的方向明明在後，他不知道為什麼往右一轉，猛然撞了瑪那一下。瑪那身體晃了晃，一個重心不穩，整個人跌坐在秤砣上。

「哎呀！」

在陳博士反應過來道歉之前，瑪那已經從機械秤上站起來。

那一刻，我清楚看到刻度上的數字。

54.20。

我愣了數秒後，心頭一震。

我明明記得，她昨天的體重是52.60。

而這一刻，她的體重增加了160克。

不多不少，正是劉東尼失去的體重。

瑪那走下秤砣，陳博士趕上來扶著她。他完全沒有察覺到這件事。

「沒事，我們走吧。」瑪那微笑。

他跟著瑪那回到屋子裡。

我也茫茫然跟著他們。

屋子裡，所有人都在進進出出，忙忙碌碌。

但是這些畫面只是在我眼裡一掠而過。我的思維還停留在剛剛秤砣的數字上。

如果說，劉東尼死後失去的體重，只是由於秤砣的誤差，那為什麼這個誤差在他的身上是減少，在瑪那身上卻是增加？

而且數字剛好是160克？

我想起瑪那說的，人死後，就化為自然中的一個粒子，與萬物同在。

我想起陳博士的喃喃自語，「難道靈魂會有重量嗎？」

這世界不可能有靈魂轉移的事。但為什麼劉東尼失去的體重，會被轉移到瑪那身上？

「在我們需要時，過去應該有意識地為我們所用。」

瑪那說過的話忽然從腦海竄出。我呆了呆，望著這個大廳，忽然有一道只有我看見的光照射下到牆角，慢慢擴大，光所照耀之處，視野一片清晰。

我的思維在過去的時間軸上迅速移動，調取想要的畫面數據。

水晶柱。開門。蓮花池。扁平的水晶柱。蜜棗。

我忽然看清楚了很多以前看不到的東西。

咖啡。意外。

所有人都已經收拾好行李，緩緩走向門口。

高哲生伸手接過房女士的行李。「我來幫你。」

「高先生，謝謝你這幾天的幫助。」房女士說，「看見你，我總會想起我的表外甥。」

「離開這裡後，和他見個面吧。」

「我會的，瑪那老師說，時間是我們的生命。」房女士感慨地說，「上次見面時，他才兩歲呢。」

我的腦海像被投了一顆炸彈。

房女士說自己的表外甥二十五歲，高哲生看上去也是這個年紀。

房女士的外甥兩歲去了北歐，高哲生兩歲去了瑞典。

過於震驚的關係，我渾身震動起來。

這麼一來，所有細微的事都被串連成一張巨大的網絡。

那道光越擴越大，照耀了三分之二的大廳，幻象消融，底下的實相如冰山緩緩浮現。

我看見了。我看見了。

燃燒的美鈔。開門。抽屜裡的魔法裝置。吉亞笑起來的樣子。

妻子體內錯誤摺疊的蛋白質。

所有的東西在我眼前以慢動作播放，像自我摺疊的蛋白質，從扁平的一條線，自我組合成立體的形狀。

可是，還有啊，還有最後一片碎片。

所有人正提著行李，走出大門。

我怔怔凝視著他們的背影。

瑪那忽然停下腳步。「可以等我一下嗎？」

「你想幹什麼？」

「我想最後一次為這座島鳴鐘，祭奠所有化為粒子的生靈。」

瑪那說完，不再理會對方，逕自跑向銅鑼的方向。

「我陪你吧。」

高哲生把行李拋在地上，追上她。

我跟著他們來到銅鑼前。

瑪那神情莊嚴，她舉起鑼棒，敲下第一聲。

「噹——」

銅鑼的餘韻一波波盪開，像退潮的海水一樣，往四面八方推展、推展。

由強而漸弱，由減弱而更弱，直到弱無可弱，緩緩熄滅。

瑪那再次舉起鑼棒，敲下第二聲。那聲音又再度從世界的某處生起。

生起，熄滅，生起，熄滅。

我呆呆望著她的背影，敲到第四聲的時候，我忽然轉身拔腿狂奔。
我一口氣奔上樓梯，跑到李多娜的房裡。
剛剛闖進她的房間，第七聲鑼聲剛被敲響。
我瞪大雙眼盯著地上。
數秒之後，我看見魔法在我眼前上映。
就如同一朵最簡單的五瓣小花，在陽光下舒展盛開。

*

「當你擁有清晰的視野，就能穿過這片大廳，從虛幻走向真相。」
我模模糊糊地站在原處，整個人彷彿溶溶蕩蕩，天地玄黃，宇宙洪荒，我與天地正合二為一。
在那瞬間，我想起了從前家裡的那個鹿角鐘。
掛在鹿角上的鐘停了
生活是一次機會

僅僅一次
誰校對時間
誰就會突然老去

我再度熱淚盈眶起來。

等我回過神來，從窗口望出去，瑪那和高哲生已經不在那裡。

我轉身跑下樓，一路追到碼頭。

遠遠地，所有人正在登上快艇。

我一邊跑，用盡全身力氣大喊。「喂——」

沒有人聽見我的呼叫。

引擎聲響了起來。

我終於跑到了甲板上。

快艇已經駛離，在藍色海面留下一堆白色浪花。

快艇很快變成了一條白線。

瑪那說，呼吸是一條線，把這條線抽走，我們就會和自己的身體分離。

而我正在用盡這條線的力量大喊。

「我知道是你，對不對？是你！」

是你。

周未來。

我的兒子。

我真是太聰明了。

阿D在社群媒體上，創建了一個分身。並假裝在其他人不知道這是自己分身的情況下發布了自己的行跡和未來的計畫，但這些信息都是捏造的。

果然，那個疑似兇手的人真的上當了，真的沒有跟上來。

阿D正洋洋得意，手環忽然傳來一聲提示音。

發來的數據是女友E兒的，是他們房間裡的智能體重計傳來的數據，一定是女友E兒又在量體重。早告訴她體重不會在半天內忽然減少。

他嘴角的笑意忽然凝住了。

「不對。」

盯著眼前的屏幕，阿D的背脊爬滿雞皮疙瘩。

77.8公斤。

不對，E兒的體重明明是51公斤！

不可能，他已經千叮萬囑，讓E兒絕對不能打開門讓任何人進來。

到底誰是在他們的房間裡？

阿D待了半晌後，終於清醒過來，拚命往回跑。

——節選自周云生作品《數據繭》

Chapter

5

冥想大樓一片光燦，有兩個人坐在空蕩蕩的大廳裡，兩人長得一模一樣，如鏡像般盤腿對坐。

這兩個人都是我，推理作家周云生，只不過現在，我們就像冥想過程中的被觀察者和觀察者，一個正被思維擺布，迷失於事件的幻象中；另一個擺脫了思維的控制，對事件的真相瞭如指掌。

我們正要進行一場關於真相的推理。

「你準備好了嗎？」被觀察者問，「你是否已經完全弄懂這三宗命案的兇手身分、動機以及其他發生在島上的種種令人困惑的謎團？」

「是的。」觀察者答。「我已經弄得一清二楚。」

「那我們從第一個命案開始說起？」

「在解答之前，要麻煩你幫忙梳理案情細節。」

「沒問題。首先是第一個命案：

女死者李多娜在抵達島上的第二天清晨七點，被發現死在自己的房間，心臟插著一把刀死在床上，狀似自殺。當時，房門的喇叭鎖是上鎖的，插銷也被插上。窗戶的月牙鎖也扣得好好的。除此之外，通往女宿舍的底層樓梯門也被鎖上，直到六點半瑪那親手打開。換言之，在六點半之前，整個女宿舍處於密室狀態。這一切，都是我們親眼目睹的。」

觀察者點點頭。「沒錯。」

「雖然樓梯門在六點半已被打開，但從李多娜的屍體僵硬程度判斷，她絕不可能是在從六點半至七點鐘的這段時間才死亡。所以基本可以排除掉兇手是在這段時間行兇的可能性。

「另外，在女宿舍樓梯門被上鎖的情況下，島上男性的嫌疑基本上可以被排除。所以最大的嫌疑，就落在本來應該還同在女宿舍的吉亞身上。但這時候，卻出現了出乎意料的轉折：吉亞宣稱自己整個晚上都不在女宿舍，因為在前一晚，她趁宿舍鎖門前偷偷溜上男宿舍，在那裡過了一夜。

「吉亞的說法得到陳博士的證實。陳博士表示自己在二樓的樓梯撞見從三樓下來的吉亞。後來，劉東尼也開口承認兩人前一晚同房過夜。說到這裡，細節都無誤吧？」

「陳述得非常清晰。」觀察者說。

「謝謝。」被觀察者有點自豪地說，「從以上種種，我們得知在李多娜死亡之際，並沒有人在女宿舍裡，加上房間處於密室狀態，所以只能得出她是自殺的結論。但這中間出現了許多疑點：第一，從後來吉亞的種種反應，她並不承認自己和劉東尼過夜。這兩人到底是誰撒謊，又是出於什麼動機撒謊，實在令人費解；第二，李多娜死前，曾和劉東尼發生爭執，劉威脅李要把欠她的東西『原樣奉還』，還揚言半夜會去她房間找她；第三，李多娜死後，劉東尼表現怪異，堅持不讓人搜查自己的行李，還把一袋不知內容的行李袋交給陳博士，要他處理掉，並聲稱『不然就公開你們的醜聞』；第四，為什麼陳博士會對劉東尼言聽計從，這個所謂的醜聞的內容是什麼？」

「你覺得呢？」觀察者微笑。

「因為吉亞不承認自己和劉東尼過夜，對自己留在男宿舍的解釋也很牽強。所以我曾經想過，吉亞根本沒有溜進男宿舍，她就是殺死李多娜的兇手，陳博士和她是同謀，才謊稱見到他，劉東尼幫他們圓謊，目的是想威脅敲詐，所以才說『不然就公開你們的醜聞』。這也解釋了為什麼後來陳博士會聽從劉東尼的指示。」

被觀察者頓了頓，「但問題是，我們後來得知，陳博士一撒謊頸上就會長紅斑，所以他目睹吉亞從男宿舍三樓走下這件事，必是真實無疑的。所以我的矛頭再度轉向劉東尼，畢竟他才是最有動機的人，可是，在樓梯門上鎖，也非常確認他沒有使用窗口潛入的情況下，他到底要怎麼進入李多娜的房間？難道房子藏有密道？又或者，李多娜真的是自殺的嗎？你也是時候告訴我答案了吧？」

「我先告訴你兩個關鍵詞：自動導航、水晶柱。能聯想到什麼嗎？」

「自動導航？」被觀察者一臉迷糊，「說到這個，我只想到抵達小島的第一晚，劉東尼在蓮花池邊嘲諷李多娜和『自動導航』先生共浴愛河什麼的。至於水晶柱，能聯想到的可多了——包括後來被攪得亂七八糟的蓮花池旁那些水晶柱，還有劉東尼似乎對水晶柱很感興趣，宿舍幾個地方發現的水晶，似乎都是他放的，其中兩次還被陳博士發現。最後一次，陳博士還撿了一個水晶柱，被吉亞丟到池塘裡。」

「你已經發現了最關鍵的地方。」

「什麼？」被觀察者叫起來，「我什麼都沒發現！」

「你還記得瑪那曾說起，過度依賴科技的人，大腦結構會產生變化。比如使用自動導航的人，大腦內海馬迴與前額葉皮層的活動會減少，空間記憶能力會下降。在這座既沒有信號也沒有網絡的島上，就有這麼一個人，他有方向感方面的障礙，在脫離現代科技的輔助後，就沒有辦法定位方向，辨別東南西北。」

被觀察者詫異地瞪大眼睛。

「也因此，他需要一些其他東西，來幫助他記憶路線。猜猜看，他利用了什麼？」

「……水晶柱！」被觀察者大叫。

「沒錯。這個人就如童話《糖果屋》裡的迷路孩子一樣聰明，只不過用水晶柱代替了麵包屑。」

「等一下，水晶柱是劉東尼放的，你說的這個人是他嗎？」

「除了劉東尼外，還有一個人可以和水晶柱聯繫在一起，不是嗎？」

「陳博士？」

觀察者點點頭。「沒錯，水晶柱是陳博士放的。難道你沒注意到嗎？第一次要走向餐廳時，他在男浴室前駐足張望了寫著『男』浴室的牌子，就是把那牌子當成地標，建立起『男浴室－門－餐廳』以及『男浴室－男宿舍樓梯』的記憶路線。每次和大家在一起時，也從來不做領頭羊，而是跟在其他人身後。而且，只要一有機會，他就會選擇和高哲生形影不離，連去洗澡也不例外，目的就是讓高當他的自動導航。」

「原來如此……但這和這個命案有什麼關係？」

「這樣一來，兇手就可以利用這個弱點，來個空間轉換。」

「我懂了，兇手是吉亞！」被觀察者激動地拍擊大腿，「她由始至終都留在女宿舍！陳博士說看見她從男宿舍三樓走下，而且頸項沒有說謊會產生的紅斑，是因為他誤以為自己在男宿舍，卻不知道自己當時身處女宿舍！」、

「沒錯。」觀察者微笑點頭。

「等等，你剛剛不是說，他把男浴室的牌子當成路標嗎？那他是在怎樣的情況下被引導上女宿舍呢？啊，我知道了。兩塊牌子只是隨意被貼在門上，所以只要找機會調換就行了。

「是的，你應該記得，第一天晚上，因為高哲生傳話，所以到大廳等待瑪那老師的陳博士，是最後回去宿舍的人。在他等待的時候，吉亞就下樓調換了

兩塊牌子，還把陳博士的行李轉移到自己的房間。那一整夜，陳博士就住在二樓女宿舍吉亞原本的房間裡。而吉亞則偷偷換到三樓。」

「不對，就算房間對調，鑰匙總沒有對調吧？吉亞要怎麼把兩個房間的鑰匙對換兩次呢？」

「不用互換。」觀察者微笑，「你忘了，陳博士曾經告訴高哲生，他的房間門鎖壞了，所以鎖不上。應該是吉亞刻意弄壞的，她只要再弄壞自己房間的門鎖就可以了。」

「就算這樣，風險很大，萬一陳博士走出來上廁所，遇到其他人呢？」

「瑪那和房女士都住在一樓，二樓只有陳博士一個人。另外你應該注意到，男女宿舍的格局一模一樣，房間戶型都相同，連廁所都不分男女，沒有小便池，只有馬桶。加上每層樓都有一個公用廁所。所以即使陳博士離開房間上廁所，也不可能發現自己在女宿舍。」

「萬一他走下樓呢？」

「陳博士一直致力隱瞞自己方向感有問題的事，顯然並不想讓別人知道自己這個弱點。所以，他不太可能出來團團轉，以免迷路。從他後來的行動看來，他在島上一直很小心，除了去餐廳，甚至不曾獨自走出建築物。

被觀察者沉吟。「再怎麼說，人總會留下氣味吧？難道陳博士不會發現房間的氣味不一樣嗎？」

「排毒課程規定，來島上不准使用香水和香精，島上提供的也是無氣味的清潔用品。表面上是為了淨化空間，實際上是為了把每個人的氣味變得一樣。而且，正如一場大雨會把兩隻小狗的氣味變得一樣，讓他們卸下心防，接受彼此，所有人的氣味變得一樣後，陳博士也就分不出到底哪個房間是自己的房間，畢竟人的嗅覺遠沒有動物靈敏。」

「就算是這樣，第二天醒來還是要下樓的，難道不怕在樓梯口撞上其他人嗎？」

「女宿舍裡住的瑪那和房女士，凌晨四點就要離開宿舍，所以不會遇到他們。但吉亞為了避免陳博士遇到劉東尼他們，還是做了一些保險工作。你應該還記得，陳博士和吉亞是當天早上最遲到餐廳的兩個人。陳博士後來說他當天沒有冥想，因為睡得太遲，可以推測，醒不來只是被下了鎮定劑，好讓他延遲下樓，不會撞見其他人。」

「那兩人在樓梯處的偶遇——」

「方法很簡單，只要大力敲打陳博士的門，讓他驚醒，接著從三樓處偷聽他打開房間的聲音，就可以從樓上下來，製造偶然。」

「陳博士的行李，又是什麼時候被轉移回男宿舍的呢？」

「當天早餐，吉亞比陳博士還遲到一些。可以推測，她就是趁那時候轉移行李。」

被觀察者暫時陷入沉思。

「弄清楚吉亞是兇手後，就可以理解她為什麼不太願意承認自己和劉東尼過夜，卻也沒堅持否認。但這裡又產生了一個疑問，既然陳博士沒有勾結吉亞，那他應該就無需懼怕劉東尼要公開醜聞的威脅，卻為什麼依然願意被劉東尼指使呢？」

「因為此醜聞非彼醜聞。」觀察者微微一笑。「陳博士誤以為劉東尼知道了自己的身分。」

「什麼身分？」

「『自動導航』先生。」

「什麼！」被觀察者跳了起來。「怎麼可能？」

「為什麼不可能？正因為他沒有方向感，一味信任自動導航，才會被帶到河裡，因而被劉東尼發現兩人偷情。也因此，當劉東尼威脅要公開醜聞的時候，他才以為劉東尼認出自己的真實身分，怕被他公開舊事，對他言聽計從。」

「劉東尼明明說李多娜出軌自己以前的學弟，但陳博士看起來卻比她老許多……難道、難道他整容了嗎？」

「沒錯，他整容了。」

被觀察者一臉狐疑。「你有什麼證據嗎？」

「有的，但情況有些微妙，暫時不能告訴你。」觀察者補充，「放心，到最後，我一定會出示他整容的證據。」

「好吧。那我換個問題——劉東尼交給陳博士的袋子，裡面裝著什麼？」

「這個袋子和後面的命案有關，所以我之後再一併回答。」

被觀察者皺了皺眉。

「另外，你剛剛提到，第一天晚上，是因為高哲生傳了話，才使陳博士在瑪那老師那裡乾等，令吉亞有機會進行乾坤大挪移。所以高哲生是幫兇嗎？

「在這個命案中，確實存在一個幫兇，但我現在暫時不能揭露是誰。因為他的身分太微妙了。」

「怎麼這也微妙，那也微妙？算了算了。」被觀察者逐漸浮躁起來。「既然已經揭穿了吉亞偷換空間的把戲，是不是也應該開始解釋她是怎麼製造密室的呢？以及，她殺李多娜的動機是什麼？」

「很抱歉，出於某些原因，我也暫時無法揭穿密室的秘密。」

被觀察者七竅生煙。

「你真的知道密室的真相嗎？還是純粹在耍我？」

「我真的清楚真相。」觀察者平靜地說，「現在，讓我們先來討論第二個命案，能請你梳理一下案情嗎？」被觀察者陷入沉思。

被觀察者默默生了一陣氣，終於還是嘆了口氣。

「唉，好吧。第二個命案是這樣的：在發現李多娜去世的當天接近中午十二點，她的兒子李麥克緊接著被發現死在自己的房內。他死亡之時，房間同樣處於密室狀態，房門的插銷、窗戶月牙鎖都是上鎖的。和李多娜的情況不同的是，在門被撞開之前，他還是活著的。」

「可以說仔細一點嗎？」

「當時高哲生和陳博士因為聽到銅鑼響離開房間，結伴從二樓走下一樓，在一樓時，高哲生聽到了麥克的呼救，兩人一起衝到房門口。就在那刻，因為鑼聲停止，兩人因此非常清楚聽到插銷從內上鎖的聲音。他們成功破門而入後，李麥克已經死掉，死因是鏡面碎片割及手腕動脈，大量失血。雖然從現場的角度，旁人很可能質疑這兩人撒謊。但因為你我在場，可以確定他們說的都是真話。」

「沒錯。」觀察者同意。

「這個命案最令人疑惑的地方，在於當時高陳兩人明明聽見李麥克在房內呼叫『救命』和『開門』，但同時卻在兩人靠近門邊時鎖上了插銷。我一開始以為他當時因為失血過多而神智不清，但現場的環境卻顯示更奇怪的事：從他躺著的沾滿血跡的床上到門口的路徑，一路都有血跡，連門板上都有，但喇叭鎖上和插銷上連一滴血都沒有。」

「換言之，假如上鎖的是他，他是怎麼辦到的呢？另外一個疑點是，以正常人來說，如果想求救，應該呼喊『救命』，但李麥克除了『救命』外，還喊『開門』。由此，高哲生推論，他們聽到麥克的呼聲之時，兇手就正好擋在門口，並且正準備上鎖，於是李麥克情急之下，叫他『開門』。當高哲生他們趕到門口時，正好聽見兇手把插銷上鎖。」

觀察者點點頭。

「問題是，所有人都有不在場證明。當時候，無論是你我，還是高哲生，都從房間的窗口看到，瑪那老師在銅鑼前敲鑼提醒大家下樓，而房女士和吉亞就站在她身旁。雖然你剛才說吉亞是殺死李多娜的兇手，但在這個命案中，她顯然絲毫沒有可疑之處。至於劉東尼，他是在高陳兩人撞開門後，第三個出現在李麥克門口的人。」被觀察者嘆了口氣，「所以，這個命案也只好以自殺作為結論。」

「你覺得不是自殺嗎？」

「當時我覺得有好幾個可疑的地方，而且全部指向劉東尼。」被觀察者說，「首先，雖然他也有不在場證明。但他之前做的一件事，卻令人心生疑竇。在李麥克死前的四十分鐘，他曾經哭喊不休，高哲生和瑪那都束手無策。經過的劉東尼走進來，附耳對李麥克說了悄悄話，他立刻就安靜了下來。當時，只有你我聽到了這句話。」

觀察者頷首。「沒錯，他說的是『只要你答應安靜下來，等下我會給你網絡，和你想要的所有設備。』」

「對，就是這句話，令人倍感詭異。劉東尼說完這句話後就回到房間待了至少二十分鐘。和陳博士交涉完，又再度回到房間。他到底在房間裡幹什麼呢？」被觀察者疑惑地說，「另外，當發現李麥克死後，他主動說要去通知三位女性，之後就沒再上來。最後被房女士找到他正在蓮花池前蹲著觸摸水晶柱，還對她說水晶有一股神奇的力量。這到底是怎麼回事？你剛剛不是說，水晶柱是陳博士的麵包屑，和劉東尼沒有關係嗎？為什麼他卻一而再，再而三地表現出興趣呢？」

觀察者沒有回答這個問題。「你對這個命案有什麼看法呢？」

「說實話，一開始我認為房間有密道。否則應該無人可以在殺死他後從房內消失得無影無蹤。我還想過，這個密道可能就在床頭下的抽屜，但瑪那第一次打開抽屜時，所有人都在圍觀，那只是個很普通的抽屜，對吧？」

「是的，瑪那老師打開抽屜時，我親眼看著，裡面並沒有什麼密道，就是普通的抽屜。」

「所以後來我轉換了思考方向，雖然沒有任何實質的線索，卻有一個異想天開的想法。」被觀察者忽然忸怩起來。

「說說看。」

「我覺得，這一切可能和劉東尼的那個行李袋有關。」被觀察者說，「首先，這座島的信號被某種手法隱藏起來了。整棟建築表面看起來是最樸實不過的3D列印出來的水泥房子，但其實是個智能房子，那個行李袋中裝著的是一個類似智能助理的黑科技裝置，能喚醒隱藏的網絡信號，對整個房子發號施令。這樣一來，所有的密室謎團都可以迎刃而解。這也就解釋了為什麼高哲生看到那個東西，會神情茫然。

同時，也可以解釋為什麼李麥克儘管站在門邊呼救，門卻自動上鎖。床邊的鏡子其實是一面智能鏡子，劉東尼啟動智能裝置後，透過鏡子和李麥克視訊，告訴他母親死去的消息，刺激他打破鏡子割脈後，下令智能裝置鎖上房門，李麥克才因此會死去。」

「很有趣的想法。」觀察者莞爾。

「你想說荒謬無比，對吧？」

「按照這個想法，智能裝置能操控門鎖，那就代表吉亞和劉東尼是同夥？」

「你不是說過吉亞有幫兇嗎？」被觀察者問。

「那劉東尼說自己和吉亞同房，不就暴露他們的關係了嗎？」觀察者說，「另外，如果行李袋內真的是智能裝置，他為什麼要把他交給陳博士。別忘了，在聽到插銷上鎖的時候，行李袋已經從劉東尼手上，轉交了給陳博士。他要怎麼控制房門上鎖呢？」

被觀察者囁嚅。「也許他交給陳博士的不是智能裝置？」

「但你剛才說，正以為裡面是智能裝置，高哲生見到才會一臉茫然。」

被觀察者愣了很久，終於攤攤手。「好啦，我投降了，告訴我答案吧。到底吉亞和她的幫兇，是怎麼殺死那孩子的呢？」

「你為什麼覺得麥克的死和吉亞及她的幫兇有關呢？」

「李麥克是李多娜的兒子。如果對方對李多娜恨之入骨而殺了她的話，連她的兒子也一起殺掉，應該也是可以理解的吧？」

「我建議你先想想：為什麼這群人要來這個島？」觀察者問。

「參加『數位排毒』課程啊。」

「沒錯，也就是說，他們在現實生活中都是網絡數位設備的重度使用者。李多娜也向瑪那老師透露過，兒子過度沉迷遊戲，我們也親眼看見麥克因為無法適應沒有網絡的生活而失控，對吧？」

「對，他大喊大叫，捶打枕頭，簡直像吸毒者的戒癮反應。」被觀察者心有餘悸。

「這就說明了一切。」

「什麼意思？」

「李麥克對網絡數位極度上癮，在失控時會傷害自己，當時發作時，他捶打床尾鏡子，不慎割傷手腕動脈，倉皇下床走到房門口，最後失血過多而死。」

「等一等，既然一切都是意外，李麥克為什麼不自己開門，只顧著喊救命和開門？那插銷又是誰鎖上的呢？」

「李多娜曾說過，科技是造福人類的東西，所以非常享受科技的便利，並為自己打造了智能居家環境和公司。也因此，從小就在一個智能環境長大的麥克，並不會開門。」

「你、你說什麼?!」

「我知道你很驚訝。但試著想想，如果你從小到大，只要對著門板聲控一句『開門』，門就會自動打開的話，你還會知道有別的方式開門嗎？一個人如果從小到大，腦海都沒有被植入門是用手打開的這個概念，他為什麼能學會呢？如果你是個未來人，穿越到落後的所在，你確定你會使用這裡的每一種器具嗎？」

被觀察者極之狐疑。「這不過是你的猜測吧？」

「絕不僅是我的猜測，如果你擁有足夠的意識和覺知，早該捕捉到很多蛛絲馬跡。比如說，每一次門關著之際，麥克從來不會用手去開門，而是對著大門喃喃自語。我一開始以為這是他古怪的毛病，但後來發現，他其實是在『聲控』，企圖令大門打開。他第一次進入房間時，還說了一句『開空調』，其實也是在聲控。李多娜也知道兒子的毛病，所以她從來不關兒子的房門。你應該注意到，李多娜死後，高哲生他們來到麥克的門口時，門只是虛掩的，離開他的房間之際，高哲生順手帶上門，卻間接釀成悲劇。」觀察者說，「門板上有血跡，喇叭鎖和插銷上沒有，是因為李麥克用了受傷的手拍門，卻不會像一般人拉開插銷及旋轉喇叭鎖。」

被觀察者露出無法苟同的表情。

「我還是覺得很難被說服。即使他的家裡和母親的公司給他這種感覺，但他總要走到這兩點一線的地方外吧，難道去外面的時候，他永遠都不會看到聲控智能門之外的普通門嗎？即使他永遠不必親手開門，但總會有機會看到別人用手開門吧？麥克雖然數位設備上癮，但並不是笨蛋，如果他看到了別人開門的動作，即使不曾親手開，但也會知道開門的方法吧？」

「是的，在某種情況下，他在生活中永遠不會接觸到有人開門的場景，即使走到外面也一樣。但容我稍後再告訴你。」

「又賣關子！」被觀察者抗議。

「接下來，我們來談論第三個命案。」

「好吧好吧，又是我先來梳理案情吧？

繼前一天相安無事後，第三天[12]晚上又發生了一起命案。死者是劉東尼，死亡的地方是蓮花池前面。當晚七點，劉東尼進入淋浴間洗澡，並關上浴室門。

在進入之前，我們已經檢查了三個淋浴間，狀態無異常，窗口都是上鎖的。在他淋浴期間，我們都守在浴室門口，確認沒有任何人進入。」

「往常，劉東尼洗澡大約耗時五十分鐘。但這天劉東尼卻遲遲不見出來。八點鐘，瑪那發現異常，過來敲門，劉東尼卻毫無回應。高哲生等人開始撞門。撞門成功後，只見中間淋浴間房門緊閉，裡面有流水聲，但同樣無人回應。高哲生再度撞破第二扇門後，大家發現裡面空無一人，窗口的月牙鎖緊扣。檢查了其他兩間淋浴間，窗戶同樣鎖上。隨後，大家打開上鎖的東側門，發現之前房女士推來的機械式臺秤被移到蓮花池前，而劉東尼就死在機械秤上，心臟插刀。」

「由於已經確認劉東尼一直在浴室內，所以可以肯定，他是從中間淋浴間窗口爬出去的。如果他是被人殺害，那麼兇手可能經由兩個途徑到外面殺他。第一個途徑是經由淋浴間裡的窗戶。從時間表來看，在劉東尼洗澡時，高哲生和陳博士已經回到客廳，所以嫌疑集中在三位女性身上。而如果是從我們看不

12 編註：此處應為第四天。為保留參賽作品原貌，原文不作修改。

見的大廳門口溜出去，至少需要三個人合謀。不過，無論是從哪裡溜出去，都無法解決劉東尼的淋浴間窗戶、門以及浴室門如何從內上鎖的疑問。所以，最後也只能以自殺作為結論。」

「感謝說明。」觀察者說，「這個命案有什麼可疑的地方嗎？」

「當然有，這個命案的謎團共有五個，」被觀察者豎起五根手指，「總的來說，可以被整理出五個疑問：

1. 劉東尼爬出窗戶後，窗戶的月牙鎖如何上鎖？
2. 劉東尼為什麼要爬出窗外？是被某人誘出嗎？
3. 原本好好放置在蓮花池外的水晶柱被丟得到處都是。是誰幹的？為什麼？
4. 為什麼劉東尼會死在機械秤上，而且體重與之前相較，少了160克？而這160克，為什麼會轉移到瑪那身上？
5. 在這三宗命案裡，撇開你說是意外死去的李麥克，其他兩人都是V智能音箱公司的關係人。而我們也得知，在這座島上，除了我，房女士也和這個事件有間接關係。既然殺死李多娜的是吉亞，那她是不是這個事件的關係人？如果是，她又是朱莉的什麼人？已知朱莉只有一個和高哲生年齡相若的兒子。」

觀察者聽完後說：「我想，你大概已經猜出第三個密室的秘密。」

「一眼就可以看穿，是個很簡單的手法。」被觀察者打了個響指，「正如我們目睹，劉東尼沒有離開浴室，所以他是通過淋浴間的窗戶爬出，越過蓮花池，接著被人殺死。如果兇手是從大廳離開，那表示兇嫌至少要三人，顯然不太合理。那麼可能性最大的，就是當時在女浴室裡三位女性之一。」

觀察者微笑點頭。

「兇手從女浴室的淋浴間窗戶爬出後，殺死同樣爬出淋浴間之後隨後躺在機械秤上的劉東尼，接著，她沒有從原處回去，而是爬進劉東尼的淋浴間。」觀察者說，「她在中間的淋浴間沖洗一番後，任由花灑開著，鎖上窗戶月牙鎖，然後走出淋浴間外。」

觀察者微笑。「但我們並沒有看見兇手從男廁走出來吧？」

「她沒有走出男廁。」被觀察者有些得意地說，「她走出淋浴間後，轉身進入左邊的淋浴間，從這裡的窗口鑽出，通過蓮花池回到女浴室的淋浴間，在沖洗乾淨後，走出女浴室。」

「然後呢？」

「在大家撞開男浴室門，齊齊衝進後，她趁所有人注意高哲生撞中間淋浴間的門時，趁機把左邊淋浴間的月牙鎖鎖上，完成了劉東尼從密室消失之謎。說穿了，就是個小把戲。」

「至於誰是兇手，你心中應該也有數吧？」

「瑪那，對吧？」被觀察者說，「雖然不知道體重轉移的真相，但顯然劉東尼的死和她脫不了關係。」

觀察者點點頭。

「只不過，雖然密室手法可以一眼看破，卻始終不明白劉東尼為什麼要爬出窗口呢？還有，那些被丟得亂七八糟的水晶柱是怎麼回事？」

「你看，有時人們明明已經說出答案，自己卻懵然不知。」

「……什麼答案？」

「讓我們先把時間軸往回拉，還記得第一天抵達島上的時候，劉東尼被分配到那一層樓嗎？」

「第一層。」被觀察者肯定地說，「和陳博士同一層。後來，因為李多娜要求，他就搬到了三樓。」

「我來提醒你一點，他原本是被換到二樓，但卻主動要求搬去三樓。」

「對對對……我想想，好像是在高哲生說『住三樓沒問題，反正只是多走一層樓』之後，劉東尼就說自己要住三樓。」

「你不覺得他的心態很有意思嗎？」觀察者微笑。

「有意思？你是指劉東尼是故意挑最高樓層的房間，來顯示自己身體素質比高哲生這種年輕人好？」

「對。」

「那他真是個無聊又好勝的人。」

「也許他只是和那個在地下埋了三百兩後，在上面註明『此地無銀三百兩』的人一樣。」

被觀察者微微皺眉。「我不明白。」

「記不記得劉東尼為什麼來參加科技排毒課程？」

「他說自從某次參加類似課程後，原本行動不良的腿傷痊癒了。所以從此以後就開始定期參加這類課程。這和此地無銀有什麼關係？」

「有。」觀察者說，「因為劉東尼的腿部問題根本沒有痊癒，他說冥想治好腿傷是謊言。」

「如果他的腿還沒好，那他為什麼走起路來行動自如？」

「這個問題，稍後再為你解答，現在，讓我們把注意力放回第一個命案。」

觀察者深長地吸了一口氣。

「我剛剛說過，這裡發生的所有一切都指向一個最核心的真相，你還記得嗎？」

「是，你說所有的謎團都能用它來解釋。現在你終於要揭曉答案了嗎？」

觀察者點點頭。「答案就是──時間。」

「時間？」

「瑪那老師說過，時間一方面是一個虛幻的概念，把我們從當下抽離，囚禁在過去與未來，囚禁在記憶與想像，囚禁在懊悔與恐懼中。但另一方面，時間也是個真實存在的東西，在時間的長河裡，從一個念頭、一個生命到萬事萬物，都在這條河流上生生息息，起起滅滅。一個時代來臨了。一個時代結束了。蒸汽機取代紡織機，CD取代卡帶，U盤取代磁碟片。串流音樂與影片正在逼近傳統娛樂作業模式。在3D空間加上時間的維度，萬物就能誕生、成長、死去。時間這個維度，是最大的魔法裝置。」

「你的意思是——兩個密室之謎，都和時間有關？」

「是的。吉亞能進入李多娜的房間殺死她後出來，再令密室上鎖；以及高哲生和陳博士在李麥克房門外聽見插銷上鎖，都是因為時間的作用。」

「時間怎麼作用？」

「我們已經知道這棟房子是 3D 列印出來的。在 3D 列印上加上時間，就會變成 4D 列印。」

「4D 列印？」被觀察者瞪大眼睛，「那是什麼？」

「4D 列印，是在 3D 列印的基礎上加上時間的因素，使記憶材料會隨著時間的增加而產生物理變化。」觀察者說。

「什麼，我聽糊塗了，能舉個例子嗎？」

「劉東尼曾經提過，他的腿原本是要以一種能隨著溫度產生變化的支架來進行修復。這種支架就是以記憶材料製成，先以低溫保存，注射入體內後，能隨著體溫變化而膨脹，修復傷口。」觀察者說，「這些記憶材料在經過特殊的刺激源，如光、水、溫度後，會隨時間產生變化。」

被觀察者怔怔看著對方。

「我懂了！也就是說，兩間密室的形成，都是因為插銷使用了能隨時間變化的記憶材料！」被觀察忽然停頓，「但刺激源是什麼？李多娜死時天是暗的，李麥克死時天是亮的，顯然不是光的因素。大家闖入李麥克的房間後，也沒發現房門插銷有水或溫度變化。」

「答案也和時間有關。」

被觀察者思考一陣後，大叫：「銅鑼！」

觀察者點點頭。「在第一個命案裡，吉亞進入李多娜房間後，用刀殺死她，離開了房間。六點半，瑪那敲鑼請大家下來吃早餐，插銷受到特殊聲源刺激，自動上鎖，完成密室布置。第二個命案裡，高哲生和陳博士跑到李麥克門前之際，鑼聲正好結束，所以插銷就在那刻自動上鎖，形成密室。」

「原來如此……不過，你是怎麼發現的呢？」

「命案之後，我再度去了麥克房間，察覺原本跌落在地上的插銷，旁邊的玻璃被頂了出去。而之前，高哲生曾經敲鑼。瑪那在離開小島前，也再度敲了一次鑼，當時我奔上樓，親眼看見地上的插銷膨脹起來。」

「但這種特殊材料，要怎麼取得呢？」

「瑪那曾經是大學的研究員，劉東尼也說過她很像材料學院教授的學生。材料應該是她研究出來的。」

被觀察者若有所思地點點頭。

「密室的問題解決了。那劉東尼那裡呢？」

「他同樣使用一種４Ｄ列印的外骨骼裝置，幫助自己行走。和傳統的３Ｄ列印外骨骼不同，這種４Ｄ列印的外骨骼可以隨著皮膚溫度的變化，像一層外皮膚貼合在皮膚上，即使穿著單薄的衣物也看不出來。你應該有注意到，劉東尼非常在意自己的褲腳，每次褲管往上縮，他都會伸手拉好。我們本來原以為這是注重細節的舉動，但其實他只是不想露出馬腳。」

「１６０克！」被觀察者喘著氣說，「這個外骨骼的重量是１６０克，瑪那殺死他後，為了不讓人發現這個秘密，把外骨骼轉移到自己腿上，所以她的體重增加了１６０克！」

「沒錯，那不是靈魂的重量。」

「但，劉東尼為什麼會躺在機械秤上？」

「難道你沒發現，劉東尼從抵達島上的第一天起，每天傍晚七點左右，他就會躲起來。第一天他走回樓上，下樓時剛好遇到李多娜。命案發生後，大家聚集在大廳，他就每天七點去洗澡，目的就是為了換電池。」

「你怎麼知道他要換電池？還有，如果是為了換電池，他為什麼要爬出去？」

「之前你一直誤會房子出現的水晶柱是劉東尼放的，為什麼？」

「因為他之前一直對水晶表現出濃厚的興趣啊。而且，在李麥克死後不久，大家發現他站在蓮花池邊注視那些水晶柱。」

「他不是對水晶有興趣，他當天跑去蓮花池那裡，是因為李多娜死後，高哲生就對他有疑心，想搜查他的行李。現在李多娜的兒子居然也死去，高哲生一定不會放過自己，堅持要搜查。以他的性格，絕對不想讓人發現自己的缺陷。於是他除了讓陳博士移走行李袋外，自己還把剩下的電池混到水晶柱魚目混珠。他對房女士說水晶帶給他能量的話，只是為了轉移注意力。」

「那傢伙真是鬼話連篇！」被觀察者逐漸明白了。「也就是說，劉東尼從當天開始，每天洗澡洗那麼久，就是因為命案之後，瑪那傍晚就鎖上房子，叮囑大家要外出也要兩人作伴，劉東尼不想讓人知道自己的秘密，就趁洗澡時間，從窗口鑽出去，跨過蓮花池，從水晶柱堆取回電池，再鑽回窗口——但電池要怎麼混在水晶柱裡呢？」

「可以的。我親眼見到，他使用的是一種透明的全息微型電池，乍看和水晶柱很像。」

「你什麼時候見到？」

「就在陳博士偷偷溜進餐廳處理掉行李袋後回來的途中。他不是撿起了一件東西嗎？」

「對，我們當時以為是水晶柱，原來是電池！怪不得形狀不太一樣。」被觀察者忽然叫起來，「那塊電池被吉亞丟進蓮花池許願了——」

「現在，你明白為什麼劉東尼死的那晚，蓮花池邊的水晶被丟得一片狼藉了吧？」

「因為劉東尼找不到水晶柱，急得發狂，緊接著時間一到，他的外骨骼裝置電源耗盡，他無法行動……因為無法行動，他就爬上了那個有輪子的機械秤來當作輪椅，並用手來滑動，雨水沖掉他手上的泥，但他的指甲裡還留了一些！」

觀察者點點頭。

「但我還是感到疑惑，你說這些種種，都還是在初步研發的階段吧？真的有這麼普遍被應用嗎？」

「所以我說，這一切都關乎時間這個核心真相。眼前這些人，不是生活在2020年，而是2043年。」

「2043……等等，你是怎麼知道這件事的？」

「是房女士親口說的。」

「不，我記得很清楚，她從來沒說過。」被觀察者苦思冥想，「她只對瑪那提起表妹是Visudha智能音箱事件的間接受害者。以及表妹的兒子和高哲生一樣大，都是二十五歲。她還說過最後一次見面，是在表妹喪禮上。對了，她最後對高哲生說，離開後回去見自己的外甥，上次見面時，他才——」

被觀察者忽然卡住了。

觀察者接下去。「上次見面時，外甥才兩歲。」

「我的天。」

「房女士的外甥今年二十五歲，上次見面是在表妹喪禮，表妹和我的妻子同在2020年去世，當時外甥兩歲，所以那是二十三年前的事。也就是說，今年是2043年。」

「我的天。」

「只要確立這個事實，一切問題就得到答案。」觀察者說，「比如，高哲生開抽屜時那副迷茫的表情。」

「他到底見到了什麼？」

「錢。現金。美鈔。」

「那麼後來陳博士拿去燒掉的，的確是美鈔？但為什麼看到美鈔要困惑呢？」

「在2020年，一些國家已經實施電子支付，不再使用現金，比如瑞典。今年二十五歲的高哲生出生於2019年。去了瑞典後從沒離開過。可以想像，在這樣世代長大的孩子，金錢的概念是和手機支付系統上的數字掛鉤的。他們可能從來沒看過真實的鈔票。就如同我的兒子，初次見到磁碟片時，也是一臉困惑，以為那是一種玩具。可以推測，在2046[13]年，人類已經完全不再使

13 編註：此處應為2043年。為保留參賽作品原貌，原文不作修改。

用實體鈔票，所有的交易都通過網絡進行。因此，高哲生完全有可能沒親眼見過真鈔，所以第一眼看到時，瞬間感到困惑迷茫。他之後沒把這件事告訴其他人，是因為事後恍然到底是什麼後，明白那只是毫無價值的『古董』，所以不以為意。」

被觀察者陷入沉思。「如果鈔票不再通用，那為什麼劉東尼要把鈔票還給李多娜呢？」

「劉東尼曾親口說要『原樣奉還』欠李多娜的東西，他說的完全就是字面上的意思。既是找出不再流通的貨幣，當成古董一樣還給李多娜，就如李多娜幾十年前送他的古董佛經一樣。當時，所有人看到那本佛經，都嘖嘖稱奇。出生於2019年的高哲生先是說『這是什麼』後來又轉口說『我小時候見過』，比他更小的吉亞說『從來沒見過這樣的東西』，表面上聽起來是因為沒見識過古董佛經；其實真正含義是在數碼化的未來，他們沒見過實體書。我們在島上也沒見到紙筆等物，原以為是因為守則規定不能書寫記錄，但其實是因為在這個時代，人們已經不再用紙筆書寫。」

被觀察者忽然說：「我懂了，所以你之前說麥克在日常生活在不太可能見到用手推門的人。因為在2043年，世界已經形成一個巨大的數位物聯網！」

「另一方面，因為中間已經過了20年，所以李多娜認不出陳博士的樣子。時間替陳博士整了容。」觀察者說，「至於李多娜和劉東尼，因為一直處在醫療產業，所以外形維持得比陳博士年輕。」

「我來總結一下。」被觀察者思考了一會兒。「吉亞和瑪那的目標由始至終都是劉東尼和李多娜。她們在房子的左右兩個101房布置了特殊插銷，安排李多娜和劉東尼入住，企圖在殺死兩人後製造出密室的假象。沒想到因為李多娜的要求，導致李麥克入住R101，因而意外身亡。而剩下的另一個目標劉東尼，則在被吉亞發現他的秘密後，把電池都拋去池塘裡，接著由瑪那殺死他。」

「對。」

「所以第一天晚上，高哲生讓陳博士到大廳等瑪那，並不是他傳錯話，而是瑪那本來就是這麼叮囑他的；李多娜死後，瑪那說房間裡的衛星電話和數位設備失竊，也是謊言，根本是她和吉亞自導自演。衛星電話一直在她手上，她每天都和主辦方通電話，所以救援才遲遲不來。高哲生猜對了一半，只是他沒想到兇手是瑪那！」

觀察者點頭。

「那麼，最後只剩一個最關鍵的問題了。」

「是動機嗎？」

「對，如果現在是2043年，那麼瑪那在我妻子自殺時只有七八歲，吉亞完全未出生。她們能和這個案件有什麼關聯？她們是朱莉的什麼人嗎？」

「她們和朱莉毫無關係。」

「那沙地上的名字是誰寫下的？」

「是陳博士。」觀察者說，「他在燒了鈔票後很驚慌，劉東尼還語帶諷刺說迷路之類的話，為了轉移注意力，他就寫下朱莉的名字。他和李多娜曾經交往，知道智能音箱的事。」

「那吉亞和瑪那——」

觀察者忽然微笑。「她們是戀人。」

「什麼？」被觀察者差點嗆著，「從哪裡看得出來？」

「從生活上的一些小細節。」觀察者微笑，「比如咖啡與蜜棗。」

「求你直接說吧。」

「吉亞和瑪那在這幾天幾乎沒什麼正面交流。但幾個小細節卻透露了她們其實熟悉對方。比如說，當天房女士說咖啡只剩最後一杯時，吉亞毫不猶豫地倒給自己，完全無視還未喝咖啡的瑪那，反而是高哲生注意到了，要把咖啡讓給瑪那。那時瑪那說了什麼，你還記得嗎？」

「她說她不喝咖啡？」

「沒錯。吉亞之所以喝掉咖啡，是因為她早就知道瑪那不喝咖啡。」

「這樣說也太武斷了，也許吉亞本來是個自我的人。」

「不，吉亞看起來雖然吊兒郎當，但卻很有同理心。比如說，如果你看得夠仔細，就會發現吉亞很愛吃蜜棗，但她從來只是拿兩顆，等用餐時間結束後，發現還有剩下的，才會多拿。」觀察者說，「至於瑪那，你會發現她每餐都幾乎拿同樣的食物，包括一顆蜜棗。但在最後一餐時，她並沒有拿。因為她想留給吉亞。」

「你看得也太細了。」

「因為我是個觀察者。只有擁有足夠清晰的意識，才能看清真相。」

「但你好像沒看到其中矛盾的地方。」被觀察者眨眨眼，「如果瑪那和吉亞是戀人，那為什麼吉亞說自己有男朋友呢？吉亞是在撒謊嗎？」

「沒有矛盾。」觀察者平靜地說，「這就是真相。」

「什麼叫這是真相？」

「瑪那和吉亞殺死了李多娜和劉東尼。」

「你始終沒說動機。」

「動機是我們的妻子。」觀察者說，「妻子自殺那年，我們的兒子不是正好八歲嗎？現在，他三十一歲。」

「你是說——」

「瑪那就是我們的兒子。」

被觀察者大吃一驚，久久說不出話來。

觀察者緩緩說：「瑪那——也就是我的兒子周未來，出生時的身體是個女孩，但從五歲開始，他就告訴我們，他是個男孩子。只要我們叫他『女兒』或『妹妹』，或問他喜歡什麼樣的裙子，他就會哭鬧不休，在帶他去看了兒童身心科後，我和妻子決定，尊重孩子的意願，讓他選擇做自己喜歡的人。從那時開始，我們把對他的稱呼，從『女兒』改成『兒子』。」

被觀察者完全沉默下來。

「也就是說，這一切都是瑪那和吉亞的計畫，殺死劉東尼和李多娜，替妻子報仇？」

「是的。」

「但她們並沒有把那副插銷帶走。警方難道不會發現嗎？」

「會發現的。」

被觀察者一愣，焦急起來。「那為什麼不帶走？」

「因為妻子曾經告訴過未來，在我的小說裡，即使逼不得已殺人的人，也會得到懲罰。」

「如果是這樣，為什麼要大費周章設計密室？」

「因為這是兒子為我這個不再寫推理的人，在現實生活設計的密室。」

被觀察者再度陷入靜默，被一股悲傷的氣息籠罩。

「謝謝你的解答。」被觀察者終於說，「我現在完全明白了。」

他站了起來。

「不用客氣。」觀察者也站了起來。

他們像鏡子般對照。

「瑪那——我是說未來——他是對的。人的大腦由思維控制，心靈則由意識掌控。把無意識轉為有意識，就能不被思維中的情緒擺布，觀察到一切真相。」

「是的，他是對的。」

「但是，你並沒有完全解答到一切。」

不知道為什麼，被觀察者的語氣忽然變得陰氣森森。

「我已經解答完了這座島上發生的所有事情。」觀察者回答。

「是嗎？」被觀察者把尾音拉得很長，向觀察者逼近一步，「那麼告訴我，我是誰，你又是誰？」

觀察者第一次愣住了。

「我是誰？你又是誰？」

「對啊。我是誰？你又是誰？」被觀察者步步逼近，「你說你是心靈，是意識，是觀察者；你說我是大腦，是思維，是被觀察者。但你也說過，呼吸一旦被抽走，人就與意識和思維分離，思維消散，意識重歸塵土，成為天地的一部分。那麼，你為什麼在這裡，我又為什麼在這裡？」

觀察者一直被逼退到牆角。

「是啊。」觀察者仰起頭喃喃自語，「我到底是誰，為什麼會來到這裡？」

天啊！

K子緊盯著眼前的屏幕，掩住了嘴巴。

回過神來後，她急匆匆瞄了一下手環，確認自己還在綠區之後，才略微鬆了一口氣。

她好像找到誰是兇手了。

真的是那個人嗎？

那人之前宣稱自己當時在睡覺，但根據心率紀錄，當時他明明醒著。而且，之前他說自己的99下步數是為了從2區走到4區，現在仔細想想，搞不好他只是在來回繞圈圈而已。

K子的心臟越揪越緊，一股嘔吐感升騰而起，她要儘快找到YY，讓他離兇手遠點。

但就在這時，她的手環傳來一聲警示音，透過智能眼鏡一看，她的心臟差點驟停。

YY的心率曲線不知何時已經變成0……

於此同時，YY的計步器步數卻忽然動了起來。

——節選自周云生作品《數據繭》

Chapter

6

一個巨大的白色房間。

房間裡坐著一個年輕女孩，正看著投射到牆面的屏幕。屏幕分為兩個部分，一邊是電影，一邊是文字，上面有許多超連結。女孩隨意揮動手腕，電影和文字就會迅速流動起來。

她接通來電。

手腕傳來震動，女孩揮動手腕，把薄薄的屏幕摺起來。

「看完了嗎？」另一個女孩的聲音傳來。

「小說和實境秀都看完了。」女孩A說，「真的沒想到。」

「沒想到什麼？」

「周云生居然會做出這樣的推理，真有意思。」女孩A說。

「我覺得在意料之中。」女孩B說，「還有，必須提醒你的是，當你說『周云生居然會做出這樣的推理』之時，你指的是『周云生的人工智能』。」

「我知道真正的周云生已經死了。我們眼前這個，只是透過大數據採集得來的周云生AI。」

「我看過簡介，周云生是那個年代的名作家。身為一個數位科技愛好者，據說他的數據相當好採集。創作公司可能看中這一點，所以利用他的數據製作周云生ＡＩ，然後放進一個『暴風雪山莊』模式的實境節目裡。」

「一邊讓周云生ＡＩ經歷一個實景節目，一邊把他轉化成一個寫作程序，產出推理小說。」女孩說，「根據用戶數據，這種有畫面有音效又有文字的新形態娛樂節目相當受歡迎。」

「沒錯，這是屬於我們時代獨有的娛樂節目。」

「不過，這真的沒有道德倫理上的問題嗎？」

「數據只是數據，真正的周云生早就死了。根據他的ＡＩ寫出的小說內容，他的意識已經和天地合為一體。」女孩Ｂ說，「說回周云生ＡＩ的推理吧，你為什麼覺得意外？」

「因為他的推理離真相太遠了。」女孩Ａ說，「現在才不是２０４３年，瑪那老師也不是他的兒子，２０１４年發明的４Ｄ列印一直到現在也沒有找到能以聲源刺激的智能材料。還有，故事裡高哲生由頭到尾只說了是以Ｖ開頭的智能音箱，周云生的ＡＩ卻直接推論是Ｖｉｓｕｄｈａ，果然人都是靠自己記憶中的數據去推導未來。」

「這有什麼好意外的？這個實境場景，或者說暴風雪山莊故事模式，本來就是動畫ＡＩ在採集各種數據後，自動生成的故事場景。完全跟周云生沒有關係。周云生的ＡＩ會在裡面找到和自己的聯繫，我也是很佩服。」女孩Ｂ說。

「另外，別說周云生的ＡＩ，過去五十年的未來學家，對未來的預測都是不精確的。就如你說，因為他們總是用過去去投射未來的樣子。」

「套一句小說裡的話，人的思維就像硬碟裡面儲存著的有限數據。這些有限數據，就是他的過去，他過往的經驗與記憶。他所做的推理都是根據這些數據而來的。」

「沒錯。一個手上只有白糖和白鹽的人，是沒辦法做出蛋糕的。」

「如果我們在他的模型中加入一些虛假的數據，比如麵粉，那這本推理小說也許就不是這樣的結局了。」

「那當然。」

「不過我看的時候在想，如果周云生的ＡＩ知道自己只是在實境節目，會有什麼想法？」

「他只是個ＡＩ，不可能知道。他連在實境中的活動軌跡，都是被設計好的。」

「也許你需要試試冥想，來激活你大腦的內側前額葉皮層及顳上溝，增強一點同理心。人看到機械人受苦時，大腦的活躍區塊和程度是和看到人受苦時一樣的。會對AI產生同理心也一樣。這是演化留給我們大腦的禮物。」女孩A說。

「好啊，我現在就去。」女孩B說。

結束通話後，女孩A沉默了好一會兒。片刻之後，她再度揮動手腕，摺疊起來的屏幕再度像紙張開展，貼到牆面上。

女孩下了幾個指令後，屏幕變成一個窗框，窗外映照出藍色的天，白色的雲。

女孩凝視著雲層。

她在想，人類的科技已經進展到可以把所有人的數據上傳到網上保存，卻始終無法弄懂死去的人到底會去哪裡。

已經死去的周云生，是不是已經化為了雲的一部分？

Z一個人縮在床底，無聲哽咽，不知道兇手什麼時候會找上自己。

他悄悄叫出虛擬屏幕，投射在床板上，點開自己的「生命流」。

打從出生的那一刻，生命中所有發生的事，都被即時上傳到這個「生命流」裡。

拍過的照片、影片、聽過的音樂和電影，看過的電子書和新聞，所有的生命元素都在這裡流動，匯聚成一條長河。

現在，已經流到盡頭了嗎？

他點開去年今天的時間線，跳出一支影片，他靜音點開，是夏天，是海島，是海天一色，是去年此刻。在他身畔，出現妻子和兒子的明亮笑臉，隨著影片無聲晃動。

他一下子就淚流滿面。

——節選自周云生作品《數據繭》

第七屆【金車・島田莊司推理小說獎】決選入圍作品評語

（本文涉及謎底與部分詭計，請在讀完全書後再行閱讀）

日本推理小說之神／**島田莊司**

隨機死亡／凌小靈

這次同樣也有三部高水準的作品入選最終候選作品。就這個意涵來說，這次同樣也是收穫豐富的一年。不過，雖然明白每一部作品結構的精妙所在，但這些作品所具有的文學性，如果沒能直接接觸文體，便難以感受得到。能在短時間做出高完成度翻譯的機械尚未問世，因此以現狀來看，要針對這方面來評價，還有所困難。

二十一世紀應該出現的「本格」形態，從以前就常有人推測及談論，追求這樣的作品，尤其是這次，報名的眾多作品中的時間，都已來到電腦科技網路高度普及整個社會的時代，但我們對這些作品進行選評的機制，卻依然守舊，在這種略顯諷刺的狀況下，不禁感到進退兩難。

這部作品用樣也擁有很複雜的未來型態事件構造，若依照現狀的選評方法，要做出正確的理解和判定實屬困難。島田賞日後一再舉辦，將會有愈來愈多的作品出現以高水準的複雜思維想出的機關，所以負責選評的一方日後或許也得思考如何讓自己進化。不過，科技在這方面的進展緩慢，教人心急。

這齣殺人劇的舞臺，是一座名為「機關塔」的五層樓建築，故事的安排是從底下樓層開始依序提示謎題，解開謎題後，相關集團就能往上前進一層，而眾人也都乖乖遵照主宰者的意思走。

然而，支配者向眾人宣告，若光是這樣的進展，那就像是情人在談情說愛一樣無聊，所以每次解開謎題，就會從聚集的眾人當中隨意挑選一人奪走其性命。

這座塔堪稱是所謂的「死亡之塔」，在以前功夫電影的巔顛峰時代，有一部電影《死亡遊戲》，是早逝的李小龍最後主演的作品，當中只有李小龍的格鬥場面拍攝，是在他生前完成的，所以其他場面都是由外觀長得像他的演員當替身拍攝而成。這部故事同樣也是從一樓依序打倒強敵，逐漸往上面樓層走的安排，而最強的敵人就在最頂樓。想到這部電影，從中感覺到一股懷念感，不過，爬高塔完成任務的故事，是中國人的偏好嗎？

在這部小說中，設計出機關塔的人，心中存有怨恨，而且她認為殺人者以及目睹殺人卻懶得採取行動的人，其犯罪的輕重一樣，她想讓這些怠惰的人們知道自己的罪過，其背後暗藏了這名人物一流的正義。

而且這名人物在藉由完成好的裝置，在五層樓高的塔內展開這齣報復劇之前，就已從天橋上跳下自殺，她早已不再是人類的肉體，故事最後還安排了如此具衝擊性的高潮。

對於該稱之為「新本格」，對某種圖表式結構的信仰，似乎也成為說這個故事的動機，就這層意涵來看，這可說是擁有日本新型推理小說潮流ＤＮＡ的作品，不過，反倒是聚集在塔內的　牲者表現出的那種順從的感受性，讓人感受到這種基因的機械感，對其結構縝密的完成度感到佩服，但同時也感覺到些許的不協調。不過，這確實是一部很用心的作品，傾向遊戲偏好的優秀構成力，也包含在這部故事中，所以博得相當的評價。

棄子／傅真

某位富豪向偵探提出委託，說他想找尋懷了他的孩子就此失蹤的昔日愛人，以及他那理應已誕生在這世上的孩子。感覺像是挑戰美國私家偵探小說尋人模式的一部習作，但內容別有一番趣味，且結構複雜，能從中感覺出新鮮感，令人佩服。

就像美國的冷硬派是以錢德勒的馬羅為代表人物一樣，大多是以充滿魅力的第一人稱文體為賣點，但這部作品的文體擁有何種程度的魅力，以目前的審查法還無法得知，所以針對這項判斷，我無法多做陳述。不過，感覺它具備了必要的魅力。

這部作品複雜的整體配置、詭計相關的用心構成、讓推理小說變得更有趣的新點子、描述青春期沉重悲劇的筆觸，都看得出作者的自負。

整體可大致分為兩部分，接受委託而四處調查的偵探報告書，道出這個故事的外在面，而故事的背面，則是以賀倫這位登場人物陳述自己人生的方式所構成。乍看之下似乎沒半點關係的兩個世界，以某個詭計為連接點，其實是連接在一起的兩份報告書，此事一直來到故事尾聲才明朗化。

長時間無法查明的原因，是因為賀倫使用某個犯罪手段，一直頂替別人的身分，儘管如此麻煩，他也沒任何怨言，可見他的人生有許多問題，充滿了悲哀，令他很想拋下這一切。而為了加以治癒，對已經不可能謝罪的人格進行謝罪，賀倫甚至還借助了劇團人工演出的人際關係。

這樣的複雜構造相當出人意表，是全新的體驗，所以獲得了很高的評價。

喪鐘為你而鳴／王元

二〇四〇年代，電腦社會已達到從前發想這項科技的高手們所假想的追求目標。在都市生活中會面臨繁雜的日常步驟，例如早起、打開窗戶或窗簾、沖咖啡、準備早餐、準備乾淨的內衣、為了走出房間而開門、等電梯、從高樓層公寓的一樓坐進自駕車、輸入目的地——。

這類的事雖然沒有逐一寫進作品中，不過，我們人類的身體，尤其是雙手，可能都從這些繁雜的日常工作中解脫了。若是這樣，從事這些作業或判斷所需要的人類記憶或是思考判斷的部分功能，很可能會退化。再者，存在於工作周遭的各種器械操作，也會由比人們的思考線路早一步運作的網路假想各種可能性，盡善盡美地串聯在一起，所以人們只要以口頭下達最低限度的指示，就能輕鬆行動。

或者，根本連開口下達指示都不需要。吃完早餐後，對自己的房間下達開門命令的那一刻，電腦可能就會依據那個時刻和服裝等因素，從無數的模式中挑選出這種條件的日子下，指示者該採取的行動，完美整理出接納未來的態勢。指示者的心情也可能會中途改變，只要能假想這種情況，就不需要特別擔心這套系統了。

如此的時代到來，人類的判斷力和簡單機械的操作能力，究竟還剩下多少呢？或是說，對原始的動作還記得多少呢？遇到停電這種青天霹靂的情況時，在超高樓層醒來的人們，真的能靠自己的力量走到地面上嗎？這可說是個耐人尋味的假設提問。

在這種時代，人們會做出「殺人」的行徑嗎？電腦社會容許這種事發生嗎？話說回來，奪走別人性命這種原始的行為，其動機還能保有充分的合理性嗎？而描寫這一連串行為，並加以說明，人稱的「本格推理小說」又會如何改變？能繼續成立嗎？還是會失去意義？或者是這當中有個很根本的疑問，在這種社會下的人類，取得像國王般的命令權，以及一個絕對服從的社會，是擁有特權嗎？還是說，人類是藉由設計完善的機械而得以巧妙生存，就像瓶子裡的螞蟻？

話說回來，「本格推理」這個繁雜的話語，是向誰送出的娛樂？到底想取悅誰？電腦社會，還有生活其中的人，如果已變得對殺人的成就不感興趣，那麼，一部描寫始末，絞盡腦汁想擺脫嫌疑的小說，沒人會樂在其中。至少瓶子裡的螞蟻不會。這樣還寫得出小說嗎？由誰來寫？為誰而寫？

享受殺人計畫的人，其腦力與記憶有關。人的內心，是經由固定在「記憶」這個硬碟中的眾多經驗而得以產生，它對未來幾乎沒有半點預測能力，令人吃驚，所以娛樂才有可能成立。那麼，對電腦網路來說，殺人的紀錄也許根本不會令其感到激動或興奮，就只像公司的記帳簿一樣，是宛如散文般的數字羅列。

街道上滿是監視器，數量幾乎無限多，犯人真的有辦法做出像《希臘棺材之謎》這種大規模的詭計嗎？在這個以迷你麥克風將家裡所有對話全部記錄成聲音檔的時代，真的有辦法做到完全犯罪嗎？

在這能事先判斷出某人是否有犯罪傾向的時代，真的有辦法犯罪嗎？在警察大規模展開大數據分析的時代，重刑犯有可能藏身十多年嗎？

日本展開了名為新本格的創作風潮，規定要在像孤島或暴風雪山莊這種警察搜查權到不了的邊陲之地展開密室遊戲，這是最佳舞臺，但在這種時代，玩家們在封閉的館內互相監視、檢查成員各自的計步器，比較自己與其他參加者的步數，應該就能查出對方的所在地吧。

發現屍體時，檢查設置在房內的智慧電表，也能推測在犯案後誰使用過廁所。如果這個時代能用 3D 列印機輕鬆製作出構成密室的裝置，就能展開更進一步的構想。如果有在 3D 之外加上時間軸構想的 4D 列印機，那麼構成密室的材料便可能擁有形狀記憶，可以假想出無限個類似的工具。

如果在這樣的時代，還是想帶進「本格推理」有趣的視線以及感受性，那就必須遠離同時代登場人物的感受性，想想那些在科技還不夠成熟的情況下徘徊，身處過去的人。也就是說，只能從這個智慧型的社會中，強行創造出數十多年前的視線。

於是作者說，唯一的解決辦法，就是大膽的轉換「時間軸」。將故事舞臺搬回沒有數位機器以及無法上傳資料的非網路時代。

因此，登場人物要在科技成熟的近未來，召集所有人來到日本新本格喜愛的典型設定內，並準備「數位排毒」這個煞有其事的說法，當作召集的理由。

被小船載到孤島的棧橋登陸，蓋在島上的建築密室內配有各自的寢室，在此待上幾天，並施予特殊療法，從體內排出這種異常成熟的科技毒素。

硬是把螞蟻放進小瓶子裡的作者如此宣告道：

「這五天的時間，我會幫助各位從科技的影響力中獲得解放，重拾自己的身心。在這五天的時間裡，各位生活的這座島上沒電也沒網路。基於衛生考量，只有自來水能用。」

說起來，二〇四〇年代的人們，被安排回到日本新本格發生時的一九八〇年代，但作者的意圖在這樣的時代下還沒滿足，接著又提出五項要求。

「第一，在數位排毒期間，各位都不能交談，也不能與他人有身體接觸或是目光交會。

第二，這五天只能吃素。一天二餐，午餐後便不再進食。

第三，這段期間禁止讀書、做筆記、聽音樂。

第四，請勿化妝、使用有氣味的保養品。此外，請勿佩載裝飾品，請穿我提供的白色衣褲。

第五，不准殺生。謹此。」

這麼一來，就遠遠越過電腦出現、新本格勢力抬頭之前，回到了美國班傑明・富蘭克林在雷雨天放風箏的時代之前了。

這個具有革命性意義的故事最重要的關鍵，就表現在登場人物抵達棧橋時的場面。不知為何，陸續登陸的人物眼中，並沒出現描述者。這部作品獨特的構想，也就是故事的骨幹，在這裡開始顯現。

就這樣，登場人物聚集島上，事件描寫就此展開，但理應充滿戲劇性的描寫群卻莫名的冰冷、沒有起伏，尤其是對人的描寫，缺乏想吸引讀者的文藝厚度和樂趣。這也算是自《殺人十角館》以來，日本新本格作家們刻意接納讀者一再提到的批評，而展露出的巧妙算計。

換言之，提起日本的《殺人十角館》所暗藏的問題，會對迂腐的批判帶有一種諷刺的意味，展現出頑強的必然性，這令選評者深有所感。

像這樣展開說明，會一路通向驚人的結局，不過就某個意涵來說，寫這部小說的人完全按照自己的預料，覺得這樣的始末很有趣，而將螞蟻放入瓶中的特殊存在。這樣的展露方式前所未聞，肯定能讓許多讀者大吃一驚。

展現嶄新、傑出構想的超級新人，既不是臺灣人，也不是中國人，而是來自一直在我們熱切關注的目光之外的馬來西亞，一位來自南方國度的才華出眾之人。此事超乎選評者的意料之外，是最大的喜悅，也對此充滿期待。

這部作品可說是在二十一世紀這個全新的時期下，與島田賞第一屆得獎作品《虛擬街頭漂流記》並駕齊驅，展現出在電腦時代下「本格」全新的可能性，是很傑出的思考實驗。

以這部作品的出現為契機，馬來西亞是否會成為新的「本格推理」創作王國呢？有了這個國家的加入，亞洲是否能向世界展現，我們能成為「二十一世紀本格推理」的領導者，敲響清亮的鐘聲呢？這部優秀的作品，讓來自日本的人懷抱這樣的期待和夢想。

國家圖書館出版品預行編目資料

喪鐘為你而鳴 / 王元著. -- 初版. -- 臺北市：皇冠文化出版有限公司, 2021.09 面； 公分. -- (皇冠叢書；第4972種) (JOY；229)

ISBN 978-957-33-3787-4 (平裝)

868.757 110014158

皇冠叢書第4972種
JOY 229

喪鐘為你而鳴

作　　者—王元
發 行 人—平雲
出版發行—皇冠文化出版有限公司
臺北市敦化北路120巷50號
電話◎02-27168888
郵撥帳號◎18420815號
皇冠出版社(香港)有限公司
香港銅鑼灣道180號百樂商業中心
19字樓1903室
電話◎2529-1778　傳真◎2527-0904
總 編 輯—許婷婷
責任編輯—林易萱
美術設計—葉馥儀、李偉涵

著作完成日期—2019年
初版一刷日期—2021年9月

法律顧問—王惠光律師

讀者服務傳真專線◎02-27150507
電腦編號◎406229
ISBN◎978-957-33-3787-4
Printed in Taiwan
本書定價◎新台幣320元/港幣107元